RENÉ CHAR

Éloge d'une Soupçonnée

précédé de

Fenêtres dormantes
et porte sur le toit

Chants de la Balandrane

Les Voisinages
de Van Gogh

GALLIMARD

Fenêtres dormantes
et porte sur le toit

1973-1979

I

FAIRE DU CHEMIN AVEC...

> *My towers at last! These rovings end,*
> *Their thirst is slaked in larger dearth :*
> *The yearning infinite recoils*
> *For terrible is earth.*

HERMAN MELVILLE,
The return of the Sire de Nesle.

> *Mes tours enfin! Ces errances s'achèvent,*
> *Leur soif s'étanche en un manque plus vaste :*
> *L'infini désirant soudainement recule*
> *Car terrible est la terre.*

Nous n'avons pas commis le crime d'amont. Nous avons été dessaisis dès le glacier; au même moment accusés, et incontinent flétris. Quelques réchappés errent deçà-delà, banlieusards. La jeunesse de nos états affectifs les montre intacts.

Comme on s'extrait de l'épaisseur du soir, disparaître de la surface de ses livres pour que s'en déverse le printemps migrateur, hôte que notre corps non multiple gênait.

Nous avions retrouvé si aisément, dans le maquis, l'instinct de ramper que rencontrant la trace d'une couleuvre

11

sur le sol cailouteux, nous appelions cette passée « les reptations perdues ». Avec une jalousie penaude.

Voyez la rousserolle sur ce roseau secoué par le vent, comme elle a le pied marin!

La poésie qui magnifie détruit son foyer à mesure que s'élève son objet. Bonne nuit! Très bonne nuit touchée d'une force assistante, tenue sur les genoux d'un Temps récidivant. Nul interdit devant l'inattendu refuge quand c'est toi.

Le poème sur son revers, femme en besogne à qui les menus objets domestiques sont indispensables. La richesse et la parcimonie.

Avant de se pulvériser, toute chose se prépare et rencontre nos sens. Ce temps de préparatifs est notre chance sans rivale.

Monter, grimper... mais se hisser? Oh! combien c'est difficile. Le coup de reins lumineux, la rasante force qui jaillit de son terrier et, malgré la pesanteur, délivre l'allégresse.

Comment débarrasser le martinet de ses poux? La question reste posée, le martinet parti au-dessus de la ville.

L'aphyllante lunatique. Sa fleur se ferme. Elle nous a regardés. Elle est d'un bleu fort. L'aphyllante maîtresse!

Senta, son voile au mât blanc du *Vaisseau fantôme,* fidèle jusqu'à la mort. Ah! elle nous tient en sa possession. Véridique dans sa brève jeunesse. Ensuite pétrifiée. D'aucuns diront mensongère. Griffant ses lèvres murmurantes...

Donner joie à des mots qui n'ont pas eu de rentes tant leur pauvreté était quotidienne. Bienvenu soit cet arbitraire.

Les utopies sanglantes du xxᵉ siècle

Ni la corne totalitaire ni le paralogisme ne se sont logés dans notre front. La notion du juste et de l'injuste dans les faits usuels a tenu en haleine la sympathie.

L'hémophilie politique de gens qui se pensent émancipés. Combien sont épris de l'humanité et non de l'homme! Pour élever la première ils abaissent le second. L'égalité compose avec l'agresseur. C'est sa malédiction. Et notre figure s'en accommode.

Comme on voudrait que la rédaction universelle ne fût pas, une seule nuit, interrompue, sinon par l'impulsion oblique d'un fanal amoureux! Ainsi devise le désir. Revient le mot, ce grand refuge à tout vent.

L'explosion atomique est la conscience de la matière et le poinçon de l'homme hilare qui s'en dit l'expression. Sa permanence spirituelle a commencé à produire. Nous en dégageons sans gêne l'hypogée.

N'incitez pas les mots à faire une politique de masse. Le fond de cet océan dérisoire est pavé des cristaux de notre sang.

Depuis l'opération des totalitarismes nous ne sommes plus liés à notre moi personnel mais à un moi collectif assassin, assassiné. Le profit de la mort condamne à vivre sans l'imaginaire, hors l'espace tactile, dans des mélanges avilissants.

Ce qu'ils ont l'air de tenir si résolument dans les mains leur sera arraché avec leurs yeux. C'est la loi, ou la paille dans la loi.

La poésie peut-elle être rançon d'un chantage ? Tranche potelée et répugnante, glissée entre un nuage qui pleure et la terre qui s'esclaffe ? Toutes les filandres accourent, négociables.

Il en faut un, il en faut deux, il en faut... Nul ne possède assez d'ubiquité pour être seul son contemporain souverain.

Elle n'a pas ou peu de regard, rien que des piquants à l'affût, innombrables. Avec un flair des lieux assombris, si aiguisé, si aiguisé. La conscience, le hérisson...

Les Matinaux vivraient, même si le soir, si le matin, n'existaient plus.

Les dépêtrés

En mentant à autrui, non à soi, où se placer ? En contrebas, devant l'ouvrage qui frissonne.

On se vide de vie, on s'emplit de pardon! La vie est réticente et la mort chaleureuse en nous défaisant.

Baudelaire, Melville, Van Gogh sont des dieux hagards, non des lectures de dieux. Remercions. Et ajoutons Mandelstam l'Incliné, nageant, le bras bleu, sa joue appuyée sur l'épouvante et la merveille. L'épouvante qui lui fut infligée, la merveille qu'il ne lui opposa pas mais qui émanait de lui.

Peindre l'intimité par le défaut du fumeux intérieur. Nos yeux filtrants s'y essaient.

Tout était juste là-dedans. La mort y remplissait avec largesse son contrat avec la vie. Et ne le remplissait pas dans l'impasse d'une agonie moussant sur une glace nue. À la gloire navigable des saisons!

Combien y a-t-il de nuits différentes au mètre carré? Seul ce trouble-fête de rossignol le sait. Nous, dont c'est la mesure, l'ignorons.

La dame de pâmoison congédie les têtes mal portées.

Rester à mi-chemin de son pareil; ne pas faire la dernière enjambée. On s'interroge encore en sautant pardessus!

Dieu, l'arrangeur, ne pouvait que faillir. Les dieux, ces beaux agités, uniquement occupés d'eux-mêmes et de leur partenaire danseuse, sont toniques. De féroces rétiaires refluant du premier, mais en relation avec lui, nous gâtent la vue des seconds, les oblitèrent.

Gâteaux secs pour grands fauves. Servez-vous.

La poésie ose dire dans la modestie ce qu'aucune autre voix n'ose confier au sanguinaire Temps. Elle porte aussi secours à l'instinct en perdition. Dans ce mouvement, il advient qu'un mot évidé se retourne dans le vent de la parole.

Le rêve, cette machine à mortifier le présent. Heureux le sculpteur roman des rois mages d'Autun! Reconnus d'autres, couverts de frimas, à l'ouvrage dans les nuits de glaciation qui s'étendent.

La grâce d'aller chaque fois plus avant, plus nu en nommant le même objet de demi-jour qui amplement nous figure, c'est à la lettre *reprendre vie.*

Sommeil de ma mémoire je saurai bien partir chez les sœurs filandières avec l'élan voulu qui tranche le regret, négligeant la survie et restant à la vie.

Devant nous, haut dressé, le fertile point qu'il faut se garder de questionner ou d'abattre.

L'instant est une particule concédée par le temps et enflammée par nous. C'est un renard étranglé par un lacet de fer. C'est ineffaçable, une tache de vin sur la joue d'un enfant, don du jeu des roseaux qu'agite la mémoire.

Nous appartenons à ces ruisseaux prodigues qui poussent leurs eaux dans des terres de plus en plus accablées. Elles bouillonnent et rompent.

Main-d'œuvre de halage! Progressez, genoux bas, main-d'œuvre de halage. Et n'arrêtez pas les regards. L'audace devient l'unique perfection.

Confiance au vent, il n'est pas inepte; espiègle est le vide, prude n'est pas le sang.

II

UN JOUR ENTIER SANS CONTROVERSE

VIEIRA DA SILVA,
CHÈRE VOISINE, MULTIPLE ET UNE...

*En hôte gracieux le train — quelques wagons — se rangea
contre le quai. « Je me chargerai aussi de votre bagage de mots
et de cuivre », dit-il. Aucun avion n'ayant voulu de nos per-
sonnes nébuleuses et de notre itinéraire spiralé, le pied leste
et le cœur coi nous gagnâmes le compartiment retenu. Silen-
cieux, limpide, son espace nous admit au moment où le train
s'élança sur sa voie, délivrant* la parole du voyage *et son
alternance en avant, celle que je transcris ici.*

Peindre c'est délier les relations, n'est-ce pas, souve-
raine Vieira? C'est mener l'éclair jusqu'au tertre du sca-
rabée?

L'honneur de luire dans la nuit, la disposition de l'art :
atteindre, depuis l'articulation du premier murmure, le
point de bris où la vie feint de se diviser, là même où la
lune fait défaut, où l'homme et le soleil sont par extra-
ordinaire absents, où manœuvre, bruyante, la troupe
fangeuse et comique des sans-nom.

Liberté indolente, à gueule de fauve, où s'enfonce le
visage agréé de nouveau, et d'où l'on ne s'échappera
plus, même si l'avenir n'était qu'un cloaque.

Écorces douées de magie. Y compris la peau des hommes, ceux-ci, leur petit sac sur le dos, se pressant en tous chemins ravinés. Comme les trajets de la vie sous l'écorce.

Voulons-nous être inspiré par un autrui différent de nous, aimé pour peu, et non pour ce que nous accomplissons dans le foyer noir de notre remontrance ? Qui boit à l'éclair goûte aussi son froment.

Il n'y a pas de progrès, il y a des naissances successives, l'aura nouvelle, l'ardeur du désir, le couteau esquivé de la doctrine, le consentement des mots et des formes à faire échange de leur passé avec notre présent commençant, une chance cruelle.

Fascinant somme toute de voir l'artiste raffiner sa faiblesse, conquérir à la fois affirmation et négation sans diminuer ni nommer ses ressources en leur passion.

Une part de nous peut aller et revenir, ou ne pas revenir, dissoute dans le sang qui court : la part des dieux délirants.

Il faut que les mots nous laissent, nous poussent à pénétrer seuls dans le pays, qu'ils soient pourvus de cet écho antérieur qui fait occuper au poème toute la place sans se soucier de la vie et de la mort du temps, ni de ce réel dont il est la roue, la roue disponible et traversière.

Le changement du regard ; comme une bergeronnette derrière le laboureur, de motte en motte, s'émerveillant de la terre joueuse nouvellement née qui s'offre à la nourrir parmi tant de frayeur.

Un bonheur de l'œuvre est de sentir s'éloigner d'elle ses proches d'un moment. Ils la quittent pour des délabrements séditieux, des imposteurs tard venus, des puits sans margelle où l'on jette chiens et renards.

Un mur inexorable, le mur qui se rabat derrière soi, où nous entendons sangloter un captif privé d'air : le visiteur conciliant d'un de nos jours négligés.

Le passage de profil : un trait qu'il faut longtemps longer. Si la nuit sur la main acceptait enfin de l'arrêter!

Où se trouve celle qui s'ornera du collier de coquillages vivants et des deux bracelets de girolles encore humides en l'été de son parcours? Elle peint à son chevalet, visible à demi.

SE RENCONTRER PAYSAGE
AVEC JOSEPH SIMA

La lune d'avril est rose; la nuit circonspecte hésite à guérir la plaie du jour. C'est l'heure où la falaise reçoit parole de la Sorgue. Le fracas des eaux cesse. Mais la parole qui descendra de la falaise ne sera qu'une rumeur, un pépiement. L'homme d'ici est à déséclairer. Ceux qui inspirent une tendre compassion au regard qui les dessine portent en eux une œuvre qu'ils ne sont pas pressés de délivrer.

Quelque part un mot souffre de tout son sens en nous. Nos phrases sont des cachots. Aimez-les. On y vit bien. Presque sans clarté. Le doute remonte l'amour comme un chaland le courant du fleuve. C'est un mal d'amont, une brusque invitation d'aval.

Il n'y a pas de pouvoir divin, il y a un vouloir divin éparpillé dans chaque souffle : les dieux sont dans nos murs, actifs, assoupis. Orphée est déjà déchiré.

Parcourir l'espace, mais ne pas jeter un regard sur le Temps. L'ignorer. Ni vu, ni ressenti, encore moins

24

mesuré. À la seconde, tout s'est tenu dans le seul sacré inconditionnel qui fût jamais : celui-là.

Le combat de l'esprit sépare. Le sentiment est une plongée dans la mêlée des quatre éléments absous au profit d'un livre élémentaire, à peine né, las avant d'être ouvert.

Je ne suis pas séparé. Je suis *parmi*. D'où mon tourment sans attente. Pareil à la fumée bleue qui s'élève du safre humide quand les dents de la forte mâchoire l'égratignent avant de le concasser. Le feu est en toute chose.

Sima s'est battu contre elle, l'aurore dans le dos. Dès son enfance. Ce n'est pas pour lui donner aujourd'hui du pain d'homme, comme aux petits oiseaux. La muette mort se nourrit de métamorphoses désuètes, dans notre paysage.

L'existence des rêves fut de rappeler la présence du chaos encore en nous, métal bouillonnant et lointain. Ils s'écrivent au fusain et s'effacent à la craie. On rebondit de fragment en fragment au-dessus des possibilités mortes.

Sur la motte la plus basse, un bouvreuil... Sa gorge a la couleur de la lune d'avril. Il était pour partir quand je suis arrivé.

LES DIMANCHES
DE PIERRE CHARBONNIER

La peinture de Pierre Charbonnier nous appelle à constater l'ampleur des « travaux et des jours ». Nous les observons dans leur unanimité. Libertés, constructions et jeux en soulignent la clémence. Le monde des vivants s'est précipité pour un bienheureux dimanche sous des frondaisons musiciennes et derrière des remparts d'utopie assez gnomiques pour le contenir sans l'opprimer. Pourtant cette population virtuelle n'occupe pas, nous le savons, d'autre surface que celle laborieuse et exiguë tenue par l'artiste, et nous en toucherions l'assemblée si besoin était. L'énigme s'est posée là, oiseau irradié. Le clair territoire qu'elle influence est la projection d'un décor auquel on revient toujours parce que utilisé par nos rêves les moins oubliables, songes qui ramènent la nuit riche avec le temps sec, et la poudre de givre avec les jours écourtés.

Il a donc suffi d'un dimanche de Pierre Charbonnier pour que nous accédions, en dépit de la menace, à la double appartenance.

Ce n'est pas forcer l'œuvre où apparaissent sans leurs usagers rituels, les usines, la mer, les canaux, les fleuves, œuvre qui n'a cessé de nous attacher avec la même générosité qu'elle nous hantait, que d'avoir touché, de notre front lourd de sommeil, l'éther fauve dégagé du « bruit et de la fureur ».

EN CE CHANT-LÀ

La somme dessinée et peinte d'Arpad Szenes pourrait nous être offerte par une tradition subterrestre, accès à une perfection à la fois claustrale et inspirée du chant commun. Elle se serait nommée parmi les anxieux et les sages et elle demeurerait aujourd'hui à fleur d'argile ou d'herbe rare, étirant ses multiples lignes sagaces à la rencontre d'indociles purement disponibles pour la recevoir. (Je songe à Marpa le Traducteur et à l'éminent Milarepa, aux Coptes, aux tisserands byzantins, peut-être à Raymond Lulle.)

Enclavée comme le regard, émondante comme la respiration, voyons cette étendue de silence tournée vers la dépense et vers l'amour. Ce qui l'occupe jusqu'au plus hardi détail? Redonner soif. Les *modesties* de Szenes sont un long constat du Temps qui ne mesure pas ses distances et ses chances avant de se lire en couleurs. Sur la montagne dans l'ombre, le jaune matinal céleste s'insinuant dans un bleu cendre ne produit pas le vert, mais suscite le rose carillon, lequel harcèlera, jusqu'au jour envahisseur. La nature consent à l'observation tamisante du peintre, pas à la fange dont elle aurait pu l'aveugler.

Peindre, c'est presser la tentation. Peindre, c'est retracer les contours de la source débarrassée de son alèse. Peindre c'est disposer sans surseoir.

SCULPTEUR

Bien que surbordonnée et nonchalante, la nature traite d'égal à égal avec l'art du sculpteur. Il n'obtient les fruits sublimés de ses pouvoirs qu'après s'être tardivement rendu maître du cœur invisible de la pierre, du bois volage et du métal taciturne. Soustraire la matière aux assauts de l'érosion, pour parvenir sans dommage à la nouveauté de l'espace et à ses formes vives, est sa parité, son voyage. À ce point le sculpteur observera que le couvert est mis pour des convives perpétuels dont il deviendra l'hôte.

Tel me fut montré Boyan lorsque Yvonne Zervos m'invita à regarder son ouvrage. Je sus devant *L'Oiseau blessé, La Femme au bord de la mer, Les Enlacés, La Nuit,* qu'avait lieu ici un corps à corps en pleine taille, insolite dans notre calendrier. Boyan crée avec les ressources de son existence laborieuse, par sa carrure héroïque, sous le flux d'un sentiment dans le cours duquel s'échangent sans s'altérer la grâce et la masse, des jardins d'espoir où nous pourrons nous rencontrer, nous aimer ou nous fuir dans l'oubli des successives fins du monde.

UN DROIT PERPÉTUEL DE PASSAGE

Il faut, avant de s'éloigner d'eux, consentir à l'évasion du paysage, de la nature du lieu, de l'objet, de l'être propre. En dépit des attentats, l'art est la braise sur laquelle s'égoutte le filet d'eau d'une rosée très ancienne. Ses alentours sont un crassier grelottant que le peintre capte et traite. Tout un relief levant peut frissonner de couleurs, d'alliances scellées, de formes en marche d'harmonie. La transposition consent. L'ouvrière rousse et rieuse qui se précipite dit à Denise Esteban dressant sa toile intacte : « Je ne vous ferai pas défaut. » Heureuse au soir, Vénus disserte, chemin des aphyllantes.

DE LA SAINTE FAMILLE
AU DROIT À LA PARESSE

C'est de la façon suivante, à première vue ordinaire, que s'est rapproché de moi, en un bond prodigieux, je l'ai su depuis, le monde des faits accomplis de Wifredo Lam. Nous étions en mai 1947 ou 48. Pierre Loeb, sur le seuil de sa Galerie, rue de Seine, comme je passais par là m'avait hélé pour me montrer des tableaux exécutés à Cuba en 1943 par le peintre, depuis peu son invité. Dans l'arrière-boutique deux toiles noueuses, agressivement surgies de terre, dégageaient leur violent et lancinant arôme de forêts réconciliées avec personnages imminents (pieds et mains y tentaient une apparition). Les couleurs surveillées rappelaient les compositions cubistes de Picasso et de Braque, surtout de Picasso, paradoxalement, lui, le maître du tordage, imperméable à l'humidité fertilisante dont rêvent les formes végétales ou mentales libres. Les couleurs des cubistes étaient les seules qui convenaient à leurs ouvrages; les seules couleurs aussi que les œuvres superbes de Lam exigeaient ce jour-là.

Le surlendemain, parcourant de nuit le plateau des Claparèdes dans le Luberon, le chemin de terre que j'avais emprunté déboucha sur un champ de blé en épiai-

31

son d'où s'élevait un chœur de grillons stridulants. Isolés, les insectes eussent été insupportables, rassemblés, ils formaient au ras du sol une nappe aérienne qui sous les étoiles printanières n'en finissait pas de s'étendre, d'occuper musicalement le ciel dans son métamorphisme. Mon siècle de gribouilles nationalistes n'avait qu'à bien se tenir! Je l'oubliai et je songeai à Lam, au berceau forestier que sa peinture m'avait désigné l'avant-veille comme étant celui de sa longue famille écartelée dont j'ignorais les visages ascendants. Famille dépouillée, par de périodiques cyclones, de ses pauvres biens. Famille dont Lam, avec raffinement et subtilité, avait peint le bouclier dans la personne successive des arbres derrière lesquels se tenait en même temps qu'une touffeur d'orage, l'espace futur d'une lutte de libération. Action à sans cesse remettre à une meilleure place. « Cette branche cache une plaie sanglante. Cette plaie, c'est la férocité. Cette branche est grosse de férocité. » (*Jules Lequier, 1862.*)

Il était à prévoir qu'à ce degré, traité en modestie, Lam ne bornerait pas son exigence aventureuse. Elle s'épurerait, s'enrichirait encore, se gardant de la luxuriance. On n'apercevrait certes pas la course joyeuse de moissonneurs comme chez les Dogons, mais le peintre, mon contemporain, partagerait avec ces derniers leur puissant instinct maternel et paternel ainsi que les expressions de leurs deuilleurs clamant la devise de mort. Un kinkajou bientôt vampiriserait le mouvement général des motifs. Putto cornu, frère de celui qui veillait Narcisse endormi à Rome sous les yeux de Poussin, il donnerait du fil à la faulx malicieuse, à moins que sa minuscule tête de clenche n'affleure les lignes d'une main tendue. Lam gagna, par les brisées probablement connues de lui seul, la clairière centrale. Aile contre aile, pas sur pas, campait le peuple retiré des chimères butinantes. Famille animal humaine issue de la sève prémonitoire de Lam. Dans le cérémonial de l'espace les gestes seraient multiples, les poses indolentes. Des sabots ferrés jetteraient dans l'air étincelles et résonances. On vivrait bien là entre parents, enfants et étrangers s'écoutant grandir, en dépit de brefs embrouillaminis provoqués par l'arbitrage de gros tétins inattendus jaillissant d'une poitrine savoureuse. Le radium même, dans une telle réunion, serait le grand scarabée de l'humus fiévreux, beau joueur cuivré et inoffensif. La réplique à l'imagination chez un tel peintre est confondante puisque la faulx parvient à donner la vie au lieu de la prendre. Il est vrai, l'outil-roi n'existe qu'en vol, en vol gradué, les bons sentiments n'apportent pas de preuves, s'expriment par percées, cabrioles et signes. Quant à la large cruauté et à la dévoration, sur la scène en regard de la toile, ces contradictions les font mentir jusqu'aux larmes. Wifredo Lam, chevrier, ne gaspille pas l'espace. C'est pourquoi aussi l'aimons-nous, à fond de respiration, nous, mangeant en société et circulairement notre soupe de chapeaux, puis nos cornes de taureaux, puis la sieste des jours chauds.

L'évidence nouvelle ne souffrirait pas de démenti. Il fallait la tenir pour certaine. L'imaginaire devenant visible et le réductible invisible, cet œil-là, gravissant toute la lyre de la malignité, ne pourrait plus se tenir tranquille.

LE DOS HOULEUX DU MIROIR

Qu'on me passe cette entrée en peinture, par la relation d'un état personnel. Mes dispositions envers l'œuvre de Zao Wou-Ki sont de trois ordres : une liaison grave avec le graphisme de son jeune commencement. La couleur s'y trouve en éclaireuse déchiquetée, presque en semi-nomade. Les formes suivent docilement la main de l'artiste, parcourant des distances dont un art lointain nous a appris la valeur durable.

L'abandon de ce dialogue initial porte à la rencontre d'un chaos second qu'on croirait à la veille de se couler dans une figure égarée aux abords de cavités profondes. Elles l'appellent, mais lui demeure en suspens dans l'étendue. Là perce le sortilège aérien et tellurique d'Orphée voyageur. Tous les éléments qui composent l'œuvre produisent entre eux d'une manière continue. Comme ligne de démarcation passagère, celle au soir du partage des couleurs dans un ménage tumultueux.

Enfin une prophétie dont le reflet ne souffrirait pas la référence au miroir d'une libido personnelle. Nul besoin de la déchiffrer dans le creuset incendié d'un monde invivable. Prophétie pressée, si peu semblable à celle de sa sœur étrusque.

Pourquoi ne pas peindre depuis le royaume des morts que l'Asie traverse comme un poisson géant couleur de soufre noir? Le fleuve chez Zao criblé par la lumière de multiples destins aux énergies adverses n'est jamais esseulé. Ainsi s'effectue le long trajet jusqu'à nous, les parcellaires, en butte aux juristes insatiables penchés sur nos berceaux.

L'énigme et la flamme n'ont d'existence simultanée que dans nos sens. Un mur de bois refendu devant un feu qu'il dissimule. Le feu se fait les dents avant de bondir sur sa proie rugueuse. Et nous, réclamant notre part d'éloignement, nous ne sommes qu'en différence.

PICASSO SOUS LES VENTS ÉTÉSIENS

Assurer son propre lendemain exige en art de bru-
taliser tout sacré, avoué ou non. Si celui-ci tient tête et
fait front, merci à lui. L'action ou ses équivalents n'en
est que mieux définie. Ainsi pouvons-nous écrire sans
faconde : le xxᵉ siècle, dans la personne d'un homme de
quatre-vingt-douze ans, se termine vingt-sept ans avant
son heure conventionnelle. Ce siècle estimait-il son des-
tin accompli, dès l'instant que son plus énigmatique créa-
teur avait produit, d'un saut pleinement extensible, sa
dernière fugue en avant? Oui, cela est une déduction
bien simpliste. Le peintre qui exprima le mieux, et
presque sans user d'allégorie, ce sectionnement du
Temps, le plus brûlant qui fût jamais depuis la consi-
gnation de l'Histoire ; qui en traduisit sur une toile ou
un carton, à l'aide d'un crayon, d'un pinceau et de
quelques couleurs, les grondements et l'insécurité, ce
peintre savait que le long voyage de l'énergie de l'univers
de l'art se fait à pied et sans chemin, grâce à la mémoire
du regard. Dans la possession de soi, dans l'effroi inté-
rieur, le sarcasme et la grâce toujours pressée.

Picasso ne toucha pas le milieu de sa vie, ce trait
impliquant un dépassement de la jeunesse, multiple des

bonheurs de la maturité. Son père, artiste honorable, devant les dessins de l'adolescent, avait baissé les bras et pris congé de son ouvrage. Fin honnête de carrière.

Bien que le hantèrent ses égaux du passé, traducteurs, durant leur quête solitaire, d'une masse humaine apparemment inextinguible. Picasso ne fut le sosie d'aucun. Il avait en commun avec les acteurs prodigieux du théâtre shakespearien le discernement des secrets d'autrui et leur travesti en formes multipliées. Ces secrets habitent les chambres aménagées pour eux derrière notre visage où ils composent avec la vérité. L'investigation de notre conscience les débusque, lors d'un combat de notre imagination. Œuvre sage entre toutes, donc farouchement subversive, puisqu'elle touche au monde concret quotidiennement répété, monde sur lequel déferlent ses hautes vagues. Il est permis de rêver aujourd'hui que cet enfant peintre sans un pli, coiffé d'un chapeau qui lui tient à cœur, avec palette et pinceau aux doigts, c'est lui, Pablo Picasso : un père prévoyant vient de le sacrer roi. Et cette nuit de la nécessité qui commence est une nuit trouée d'étoiles. Quand nous plions sous sa loi, une force et une connaissance s'égarent que l'art recueille. Avec le vent et le feu dans le dos on court vite, divinement méchant et diaboliquement bon, comme il se doit.

Picasso s'est senti parfois le prisonnier, mais le prisonnier sans geôlier, du parfait savoir qui donne existence à la tristesse et à la mélancolie. Mais jamais à la nostalgie. Peintre et graveur de Lascaux, d'Altamira, et partout où fut le taureau, il aima. Même sur Vélasquez, il jeta le rouge éclat de rire de sa liberté amoureuse. Parce que la peinture c'est l'immobilisme et la littérature la turbulence, à partir de cette figure sommaire, un petit nombre a tendance à distinguer la réalité regardée et rapportée en mouvements discordants, comme déjà effacée. Il n'y aura pas chez Picasso la moindre concession à des petitesses caricaturales. L'audace et la crainte veillent aux veines de ses tempes. Combien ont pu s'en assurer!

En novateur *professionnel* qu'il est, Picasso s'est plu à mettre en danger l'Héritage, tout en ne négligeant pas de s'appuyer sur lui. Les révolutionnaires s'accommodent mal de la diversité des drames qu'ils provoquent en prêtant à ceux-ci les traits d'un parieur glacial dont les gains se répandent au loin, jusqu'à un avenir promis à l'idéal, sous le coup encore de nuisances malignes. La doctrine permet d'autres choix... Picasso, ses rencontres et ses inspirations, Picasso soufflant à Picasso, est révolutionnaire par nature. Révolutionnaire. Non terroriste. Même dans ses portraits d'amour décent, même lorsqu'il fixe l'image d'un personnage tel que celui-ci espère se découvrir, en règle avec la beauté que son miroir ne lui a jamais renvoyée, et qui l'éblouirait inopinément. Qui n'est pas pitre dans ses désirs? Chacun se dit sûr de sa perfection. Pas Picasso. S'il faut attendre qu'un grand homme s'éclipse pour mesurer à quelle distance de ses contemporains il a réellement vécu, nous voyons au mois de mai 1973 que Picasso a vécu au plus près de nous. L'oiseau dans ses toiles récentes en est le gage. Mais les dates que le peintre dépose, bien en vue, sur quelques tableaux, ont le vol fatidique des oiseaux sauvages, ceux qui sur fond de ciel rendent caduc l'usage du calendrier.

*

Les miracles sont le fruit d'un humour incroyant. La création commence à ce stade. Picasso fut tout, sauf comique. Du fait de son éternel retour à la lucidité, en ceci que ses thèmes et ses motifs sont bons, que son écriture le force à rester simple; comme si, malgré de vives tentations, il improvisait sans bavures ni dentelles, à travers des types fortement établis. Les vêtir innombrablement ne le gêne en rien. Guetteur terré plus qu'embusqué, puisatier à l'intérieur du corps humain, il en saisit les troubles et les pulsations. Parfois monte un revenant obstiné : c'est un mythe ancien qui se présente. Le sujet se tord soudain comme une baleine harponnée : c'est qu'il y avait un pourquoi à lever. Les objets, les contraintes, les ors de notre monde affectif, cette lingotière, sont par Picasso continuellement renouvelés. Peu d'artistes auront souffert, fait souffrir et jubilé autant que lui. Et il ne se trouve pas beaucoup de siècles depuis qu'on les compte, à qui une telle aventure soit arrivée.

*

Picasso, assez tard semble-t-il, déplace le centre de gravité de la pièce impudente qui se joue autour de nous interminablement. Il ne s'organisera pas en fonction de cette découverte. Sa *jeunesse* s'en trouvera blessée et augmentée. Il réécrira la pièce, au ras du sujet, ni pire, ni meilleure dans ses généralités qu'elle n'est. Sur la plaie morale néanmoins, sa bouche ne laissera pas tomber un « Tant pis soit-il! ». Son ironie batailleuse, son exigence insensée, son invention tellurique se confineront un moment dans l'épreuve, puis, son courage ne s'arrêtant pas à ses justes variantes, l'assaut reprendra. Les décors peints mangeront les intrigues et les situations, les personnages et les déceptions, jusqu'au dénouement de l'œuvre.

*

Passer des pommes de Cézanne au toréador de Picasso, je me suis demandé si c'était changer foncièrement d'histoire. À moins que les deux, par la suite, ne deviennent complémentaires... Ce n'est plus en tout cas la délectation d'après Poussin, peintre admiré de Picasso, c'est exactement le contraire. L'être, l'objet, dans le final mental ne sont plus narcissiques : l'altercation ininterrompue avec le réel, celui que nous dégageons et celui qui s'oppose à nous, ne l'autorise pas. Et ce n'est pas l'espace gris et grandiose où l'homme depuis peu bourlingue qui ajoutera à cet événement.

*

« Les preuves fatiguent la vérité », constatait Braque. Comme c'est vrai! Et d'autres, parmi les plus sensibles : « Quelle lumière sur le mal! » « Il avait le feu sacré. Ça ne suffit pas, non? » « Il se pourrait que ce fût une partie perdue d'avance. » « Effrayante aventure intellectuelle! La lumière dévastatrice sous laquelle une lyre plie et résiste. » « Les affaires du diable et du bon dieu furent fort peu les siennes, ayant reçu les confidences de l'un et de l'autre. » « Il n'est que de regarder autour de soi l'architecture de toute chose pour apercevoir Picasso, réincarnation de Vulcain, s'en emparant. » « L'ingratitude doit être géniale ou n'être pas. » « Cette douce neige que nous vaut Picasso, est-ce qu'elle ne fera pas tout fleurir? Elle sera bonne pour le champ de blé, je le crois. J'imagine le flot mendiant qui traîne derrière ce bloc opaque! Une liberté grave en cette aube de deuil. J'entends sonner son pas. » « Toréador qui met à mort est

40

mis à mort. Une épée contre deux cornes. La palette de l'épée. »

Le sorcier abuse, le magicien mesure. Le facteur de puissance de Picasso (il a la texture d'un rêve!) fut de délivrer la part la plus passionnée d'inconnu immanent, prête à émerger à la surface de l'art de son temps, de lui faire courir sa chance jusqu'au bout, du Mensonge au Songe. Il y parvint. Tout demeure possible dans la suite des jours. La relation que Picasso en donna n'est ni une approbation, ni un désaveu. Il faut passer. Il passe. Lui attribuer un magnifique calcul est permis : art rupestre, art magique, art païen, art indatable, art roman, etc., art de nos yeux...

Observez ce tableau : l'œil gauche est l'œil du métier, l'œil droit est un cercle noir empli de noir. Ni borgne, ni aveugle pourtant. C'est la nuit à côté du jour. C'est la vie. C'est la clarté qui ne cligne pas au milieu du visage. Il n'est pas d'œuvre séparatrice dans l'énorme travail de Picasso, il y a, certes, des rameaux survenus par excès de sève. Qui s'en plaindrait?

À sept reprises ce 8 avril, une toute bête mésange solliciteuse a heurté du bec le carreau de la fenêtre, me faisant filer de l'attention matinale à l'alerte de midi. Une nouvelle tantôt? À 4 heures, je l'appris. Le terrible œil avait cessé d'être solaire pour se rapprocher plus encore de nous. La vie nous peint et la mort nous dessine en 201 tableaux.

III

COMMENT TE TROUVES-TU LÀ ?
PETITE MARMITE, MAIS TU ES BLESSÉE !

QUANTIQUE

Ôtez tout espoir aux petits hommes de la terre;
Ne bredouillez pas leur effroi, blanchisseurs par Tantale
    enrichis;
Vous avez forcé la porte de l'Éden solaire,
Poussé vos bravoures à l'extérieur des tènements du
    vieux chemin.

Magiciens de l'ombre éblouissante,
Grimpe et s'accroît le divisible jasmin.
Aviez-vous peur dans vos premières chambres noires!
Puis vinrent votre ivresse, vos tables, vos échelles, rien.

Qui fut messager de l'annonce?
La serrure sous l'infini de vos clefs
Libéra un python ondulant dans sa nasse.
Ne nous dites surtout pas : « Bonsoir. »

LÉGÈRETÉ DE LA TERRE

Le repos, la planche de vivre? Nous tombons. Je vous écris en cours de chute. C'est ainsi que j'éprouve l'état d'être au monde. L'homme se défait aussi sûrement qu'il fut jadis composé. La roue du destin tourne à l'envers et ses dents nous déchiquettent. Nous prendrons feu bientôt du fait de l'accélération de la chute. L'amour, ce frein sublime, est rompu, hors d'usage.

Rien de cela n'est écrit sur le ciel assigné, ni dans le livre convoité qui se hâte au rythme des battements de notre cœur, puis se brise alors que notre cœur continue à battre.

COULOIR AÉRIEN

Promenade avec Georges Duthuit. 1948.
Les Névons.

Les grenouilles aux longues oreilles parviennent à une taille enviée. La nature et nous souffrons des mêmes maux, creusons les mêmes désaveux, répugnons au chaos. La nature et nous recelons la substance d'une même allégresse. Cependant que le rêve se glisse hors du rêve et s'empresse à distance dans ce monde brûlé, nous épargnons nos richesses pour un prochain désastre. Ah! si bien se comprendre et si peu s'entraider.

Il y a un essaim de rossignols dans le jardin, et sur le lierre la gibbosité d'une abeille.

Seule comptera la santé d'un désir mouillé de brume matinale, non un lacis de souhaits filant sur l'étendue de crépuscule amélioré.

On ne voit qu'ivraie s'épanouir de toutes parts alors que le grain demeure transi sous la motte et dans le sillon. Froid, notre père le plus ancien! Radiant, notre fils le moins lointain!

Si le monde est ce *vide*, eh bien! je suis ce plein.

Une rose par mégarde.
Une rose sans personne.
Une rose pour verdir.

Dresser face aux jours d'onde amère l'obstacle qui les moulera.

Quelques débris de neige serrent le cœur sans le glacer. Le temps reste à la neige.

COMMENT AI-JE PU PRENDRE
UN TEL RETARD?

Nuit du 17 septembre 1976. Voûte entièrement dis-
ponible. (Mes perceptions personnelles ne sont d'aucun
intérêt en cette occurrence-ci.) La formidable méca-
nique céleste est en place. Ce soir la lune n'y tiendra
qu'un rôle effacé, celui d'un coupeur de têtes amazo-
nien égaré à un carrefour d'autoroutes. Malgré mes
écœurements anciens, ma tête, qui éprouve de plus en
plus de difficulté à se lever, verra toutes les folles là-
haut offrir leur cible idéale à d'agiles fornicateurs ter-
restres. Couchons-nous dans l'herbe humide et véri-
fions. Mais où se trouve le Maître Mécanicien dans cet
ensemble? Sur terre rien ne se passe de la sorte. De
grands Timoniers, des Pères de la patrie, des Conduc-
teurs géniaux, des Démocrates irrassasiables, se pro-
duisent tout seuls, à peine aidés par la chance d'un
suffrage universel connivent et de ténèbres crasseuses.
Dans l'immense carcan céleste et populaire, donc, le
grand Mécanicien, ses moteurs graissés, et gloussant, a
dû filer se distraire ailleurs. Je me dressai saisi d'em-
pressement et me hâtai vers *Mes inscriptions* de l'affec-
tionné particulier Louis Scutenaire. Je les lis, elles, pas
folles, pas permissives aux coacquéreurs des lopins de

l'air, tête baissée, tige après tige, lecture d'un champ de seigle toujours vert, contigu à celui de l'Irlandais Swift. Monde où l'âme circulante du hérisson peut s'étaler puis détaler dans les délices d'un départ définitif.

LE DOIGT MAJEUR

Au terme du tourbillon des marches, la porte n'a pas de verrou de sûreté : c'est le toit. Je suis pour ma joie au cœur de cette chose, ma douleur n'a plus d'emploi. Comme dans les travaux d'aiguille, cette disposition n'a qu'un point de retenue : de la pierre à soleil à l'ardoise bleuâtre. Il suffirait que le doigt majeur se séparât de la main et, à la première mousse entre deux tuiles glissantes, innocemment le passage s'ouvrirait.

IV

TOUS PARTIS!

Même si besoin était, je ne vous conterais pas une histoire trop aride. Je n'attends que mon amour.

HUBERT LE TRANSPARENT.

1

VENELLES DANS L'ANNÉE 1978

Nous nous avançons devant la haie d'une double réalité; la première est la plus coûteuse (la vie continuellement allumée et qui monte jusqu'à la fleur), la seconde est supposée nulle puisqu'elle n'a pouvoir que de lentement nous déshabiller et de nous réduire en poudre. L'avantage de la première sur la seconde est de se savoir fiable, de n'être pas aveugle, de mentir comme elle respire, l'enchantement consommé.

On ne partage pas ses gouffres avec autrui, seulement ses chaises.

Elle ne peut se souffrir seule, l'épouse de l'espoir, serait-ce dans un bain de vagues. Mais sur le berceau convulsé de la mer, elle rit avec les écumes.

La terre prête filles et fils au soleil levant puis les reprend la nuit venant. Leur repas du soir expédié, la cruelle les presse de s'endormir, consentant chichement quelques rêves.

La plupart des hommes sont voués à l'entrain de l'obéissance. Sitôt qu'ils découvrent ou conçoivent au loin une servitude repeinte, leur patron sera celui qui concentrera dans ses mains les ponctuelles besognes dépeçantes. Nous n'avons cessé d'assister à cela. Charme bizarre : sans renoncer à l'espoir!

Le passage de la connaissance à la science consomme une férocité. Ceci n'est pas une prévision mais un constat. Méfait plus vaste que celui du Belluaire chrétien lançant le sort sur nous. Sort repris et remodelé par sa descendance totalitaire l'appliquant à l'humanité sous le filet.

Ce qui nous est dérobé de la nature et des hommes est incommensurable; ce que nous en recueillons est minime tant les deux disent bas leurs secrets. Mais un soir vient où fléchit la ligne d'horizon de leur obscure finalité, où le couvert s'expose; la lumière y pénètre — et tue.

La poésie domine l'absurde. Elle est l'absurde suprême : la cruche élevée à hauteur de la bouche amoureuse emplissant celle-ci de désir et de soif, de distance et d'abandon. Elle est l'inconstance dans la fidélité. Elle envoisine l'isolé.

L'art peu bruyamment... Avec autour cette zone de souffrance, cette zone de souffrance jusqu'aux cieux les plus reculés, les aubes trop tôt atteintes.

La constante malice de la mort c'est de calmer chaque marche de l'enfer avec les braises de notre vie dépensée.

Puisque je n'ai pas le pouvoir ni l'espérance de rappeler le souffle qui meurt, donne-moi, ô vie qui m'écris et que je transcris, capacité d'épandre, fumier fiévreux, les poèmes ramassés dans leur brouette de silence, avant qu'ils ne soient engloutis.

Les hommes naissent, travaillent, se perdent, le cœur uni ou désuni dans ses mille motifs. Un noir génie hante certains. Que soit séparé sur l'heure, de son souffle et de ses cendres, quiconque, broyant innocence et douleur, tranche cette voie.

Seul puissant et bien en place : le Temps. Je me suis heurté à lui dans mon éclat, dans mon effroi, parmi les ruines où crisse encore mon obstination.

Nous vivons avec quelques arpents de passé, les gais mensonges du présent et la cascade furieuse de l'avenir. Autant continuer à sauter à la corde, l'enfant-chimère à notre côté.

Mon singulier, mon pluriel, vous troublez les êtres qui me sont les plus chers.

De moment en moment, je lance le plus loin. De la rue embrumée à l'histoire intestable. Du pain moisi au pain chantant – en dépit d'une terrible douleur au bras. Ensuite nous parlons, nous sommes deux.

2

AU DEMEURANT

Cent existences dans la nôtre enflamment la chair de tatouages qui n'apparaîtront pas.

Sommeil léger sur fond de joie.
Mes dieux à tête de groseille ne me démentiront pas, eux qui n'ont figure qu'une fois l'an.

Le lointain n'est pas montagneux. Il ne s'inclut pas dans une masse, malgré le cercle oppressif qui se dessine autour de nos vies. Il s'avance, méthodique, sur un horizon allégé.

Longtemps j'ai été locataire de la cinquième arche du pont Saint-Bénezet. Je sais tout de la disparue et elle de moi. De nos accablements, de notre gaieté, à mon écriture.

Les tendres mains pataudes du souvenir qu'un autre sang irrigue ne se laissent pas caresser longuement.

Repli sous l'écorce, cassure dans la branche. Repli vers la feuille avec l'aide du vent seul. Un sentiment promis à l'accueil.

Atteindre la jouissance de son moi profond, l'on touche à la plaie muette. Ce que nous consentons en tremblant n'est qu'un chameau qui trotte derrière nous.

Souvent Poussin, entre tous : « Il faut se faire entendre pendant que le pouls nous bat encore un peu. »
Poussin peignait avec son pouls la tache de sang qui aurait blessé sa vue si elle ne lui était apparue bleue au décolletage de la robe.

Les grands rêves dévastateurs n'agissent pas par compas et par mesure, ni ne lancent de messagers. Leur nature les incite à se montrer bruyants : ils sont silencieux. Les gommes aux ondes brèves, tard au milieu du jour, les poussent à disparaître.

La mauvaise santé des roseaux a toujours attristé mon cœur. Ruisseau, aveugle un peu ton miroir, toi qui n'as d'yeux que pour ces maudits.

Il est le louveteau et la louve. Le louveteau court devant, la louve se plaint sourdement. Le poème entre sous le couvert.

La cloche qui avait perdu la foi, un aquilon la cogne. Elle nous presse, rêveuse, d'en être enchantés, de devenir, à notre tour, ses ravisseurs.

*

L'imaginaire, c'est le réel déjà – avant les résultats. Un réel ayant les traits d'un garçonnet mal rassuré au milieu de périls qui ne l'ont pas encore reconnu. Il existe des prouesses de l'imagination que ne trahissent pas leurs amants.

Les délices de l'imagination ont-elles élaboré les horreurs que nous affrontons?

Les longues pluies de l'imagination, bien qu'ayant tout le champ, ont un envers et un endroit. Tant bien que mal.

Non! Tout au long de nos soifs, nous n'avons pas bu l'eau de la source dans un gobelet d'argent, mais dans nos mains nues que ne rebutait pas notre bouche malhabile.

Il est des sources ennemies hostiles à notre apaisement. Des plantes indigentes et des pierres taciturnes les entourent. Au demeurant elles et moi nous nous saluons, bien que le bon hasard soit de leur côté.

DÉTOUR PAR LE PONT DE BOIS

L'événement, cadeau romanesque du cœur exaspéré, avec lequel nous tâtonnons et pactisons, qui nous colorera, cerveaux brûlés, de son éloge, devra pousser à plusieurs reprises la double porte de la mémoire élective, avant d'être recueilli. Il le sera une unique fois, et avec ce pouvoir rayonnant devenu le sien.

La poésie des façons et la vérité permutable des mots n'apparaissent pas ensemble, mais s'éloignent ensemble, s'étant éprises l'une de l'autre, avec un immense retard, devant un soleil d'hiver à la bouche de pourpier sauvage; traceur sempiternel, cheminant sans noirceur, vêtu de jute, à l'écart de la chasse clameuse. À le voir, croirait-on qu'il s'est rapproché, et qu'il n'est plus seul à descendre le raidillon enneigé, son arc à l'épaule? Les voici courant sur le pont de bois, à la fois rieurs et comme élargis.

LOUANGE MOQUEUSE

– Tardillon, les tendres ornières à l'approche de tes roues refoulent précipitamment vers les talus. Mais que tu es resté turbulent!

– Regarde qui vient. Regarde comme il vient de loin. Et prends à ton compte sa faim, si tu le peux.

Il est fils d'aveugle. Ni approbateur, ni écornifleur. Ceux-là savent sans apprendre, ce sont les vrais gerboyants. L'analogie a deux index pour les montrer. Mais que longue est la course qui nous unit à eux!

L'ÉCOUTE AU CARREAU

Pour l'agrément d'un instant j'ai chanté le givre, fils du dernier spasme de la nuit d'hiver et de l'éclair arborisé du petit jour, avant-coureur piétiné des longues présences du soleil. Mon givre! Tué par la cupidité de celui qui n'osa pas t'aborder avec franchise : « Que ce qui émerveille par sa fragilité s'étiole dans l'ombre ou périsse! Mon ardent ouvrage presse. » Son ardent ouvrage presse!

Parmi les déments disséminés dans l'étendue de la mémoire assourdie, l'astre de tous le moins guérissable.

AZURITE

Nous aurons passé le plus clair de notre rivage à nous nier puis à nous donner comme sûrs. Une hécatombe n'est aux yeux de la nuée humaine qu'un os mal dénudé et tôt enfoui. Destin ganglionnaire à travers l'épanchement des techniques, qui paraît, tel le cuivre au contact de l'air, vert-de-grisé. Quelques météores réussissent à percer la barrière, parlant de court au bec jaunet d'un oisillon de feu qui pleurait à son ombre, quand tombait le marteau du roi chaudronnier.

L'ENFANT À L'ENTONNOIR

Un rêve est son risque, l'éveil est sa terreur. Il dort. Si un vœu à l'écart, s'enfuyant de lui, pouvait être encore lancé, le petit dormeur, qu'il s'élève dans l'air, un maillet au poing, sinon il sera lié au cerceau du tonnelet par des mains expertes! Il dort. La noria et le raisin ne se guettent plus l'un l'autre. Druidique, il dort. Bredouille le miroir, parle au cœur le portrait. Et s'éveille à lui-même.

LES VENTS GALACTIQUES

– Que fait ton amour, alors que, la maison achevée,
tu t'occupes de dresser pour lui un parterre de fleurs,
d'élargir une allée de graviers nains, de broder et d'ajou-
rer la calotte nocturne du ciel pour l'arrière de sa tête?

– Jalonnant la campagne, il jouit d'une autre aise, il
creuse des fossés, il enjôle des murs, il rêve d'un cheval
gris qui piaffe sous les pommiers.

LA COLLATION INTERROMPUE

Éloignons-nous d'ici. Rompons la collation. La bétonnière au collier de fer à laquelle nous sommes promis ne cesse dans son fracas d'ilote de répéter : « Jamais plus ! »

La terre de mon siècle, ses visages grattés, affiche de nouvelles humeurs. Elles croulent plus lourdes et spumeuses.
Même le chant tutélaire de la résine n'apporterait contrepoids à tant de maux.

Nos totems sont faibles. On le découvre sans se garder à distance. Nous partons pour ne pas voir poindre l'étalage du poissonnier avant le retour des poseurs de filets.

Hors de nos mains les anses de la marmite ! Y cuit l'amanite panthère après les souples confitures !

Ici, toujours écrus entre l'être et le dire, sans enfiévrer ceux qui ne dorment pas. Là-bas, le cri pressant du loriot, et mûrissent les figues.

Que dit la menace?

Tout est nouveau, rien n'est nouveau. Les yeux qui nous approchent ont toujours leur content. Larmes en été ourlent le fossé.

Le chien casse sa chaîne et, plus noir que noir, fuit par la brèche du vallon.

La source s'arrondit aux abords de la lèvre. Par la pierre voulue, elle est déviée. Si savante, plus bas, l'eau à se perdre.

La moindre aiguille de pin s'ouvre au pied qui la frôle. Promise aux prouesses du seul feu, comme elle est nette, la ravissante!

ÉTROIT AUTEL

Un pas s'éloigne, deux chiens aboient,
Et la nuit se rencogne.
Le commissaire aux comptes des ténébreux méandres
Part mesurer la gîte du bateau de la vie,
Entre la marée et le havre.
Il ne peut différer. Il n'est que de l'attendre.
Même serrant les lèvres il viendra nous unir,
Tant nos poitrines se rejoignent;
Tant la course enrichit le risque,
Maintenant que brûle notre château de goudron.

Captivité dorée ici, et noire dans l'espace.
Haïr, chercher à fuir, ô candeur de la nuit!
Tout l'actif d'une nuit sans une invraisemblance.

IBRIM

Le souffle restait attaché à sa maigre personne comme un enfant se tient au bord d'une fenêtre ouverte sans pouvoir se reculer ni s'élancer. L'étroitesse des dons sous l'horizon plaidait pour sa souffrance, mais le temps qui sait n'incommodait pas ses heures, non plus que le vertige d'être au monde.

Quand mon ami Ibrim, le valet de charrue, fut porté en terre, quelque part une pendule d'angle onze fois le remercia. Lui proche de la mer et rendu à ses vignes.

RÉCIT ÉCOURTÉ

Tout ce qui illuminait à l'intérieur de nous gisait maintenant à nos pieds. Hors d'usage. L'intelligence que nous recevons du monde matériel, avec les multiples formes au-dehors nous comblant de bienfaits, se détournait de nos besoins. Le miroir avait brisé tous ses sujets. On ne frète pas le vent ni ne descend le cours de la tempête. Ne grandit pas la peur, n'augmente pas le courage. Nous allons derechef répéter le projet suivant, jusqu'à la réalité du retour qui délivrera un nouveau départ de concert. Enserre de ta main le poignet de la main qui te tend le plus énigmatique des cadeaux : une riante flamme levée, éprise de sa souche au point de s'en séparer.

UNE BARQUE

Une barque au bas d'une maison – un franc-bord l'en sépare – attend le passager connu d'elle seule. Où enfin s'achemineront-ils ensemble? L'hiver entier dort sa force sans que les roseaux soient froissés. À travers le silence à peine incisé la réponse est blanche. Les jeteuses de feux, la nuit, ne répètent pas mot pour mot sur ces eaux calmes.

L'ARDEUR DE L'ÂME

Dame qui vive, c'est elle! Cœur loué, c'est le vent qui bosse. Il l'embellira en la décrivant à ceux qui n'ont pas rencontré son ardeur.

On ne retient pas, dans la nuit où nous sommes, une dame frondeuse à l'ascendance chimérique. S'il te plaît de décider qu'elle existe, elle saura délivrer un cœur altéré et le remettre aux folies de l'esprit avant de se fondre dans le voisinage. Ou répéter à la joie qui meurt que la dernière neige, comme la première, est toujours bleue si le vent la fait tourbillonner.

ÉPRISE

Chaque carreau de la fenêtre est un morceau de mur en face, chaque pierre scellée du mur une recluse bienheureuse qui nous éclaire matin, soir, de poudre d'or à ses sables mélangée. Notre logis va son histoire. Le vent aime à y tailler.

L'étroit espace où se volatilise cette fortune est une petite rue au-dessous dont nous n'apercevons pas le pavé. Qui y passe emporte ce qu'il désire.

LA POUDRIÈRE DES SIÈCLES

Sur une terre d'étrangleurs, nous n'utilisons, nous, que des bâtons sifflants. Notre gain de jeu, on sait, est irrationnel. Quel souffleur pour nous aider? Par le bec d'une huppe coléreuse, nous entendons la montagne se plaindre du soi-disant abandon où nous la laisserions. C'est mensonge. Les nuages, en archipel précipité, ne sont pas affilés par nos tournures sombres mais bien par notre amour. Nous rions. Nous divaguons. Une miette frileuse tombe de ma poche et trouve à l'instant preneur. On ne pend personne aujourd'hui.

Dans une enclave inachevée
Tout l'art sur l'épaule chargé,
Creuse son trou le soleil.
Est épongé le peu de sang.

LIBERA I

Lueur qui descendis de la froideur sauvage,
Broche d'or, liberté,
Miniature demain perdue,
Dérobe aux yeux multipliés
L'edelweiss dans sa fissure.

Fauverina qui ne sus te cacher,
Beau spasme d'un haut barrage,
À nouveau il faut s'étourdir,
Lors que s'arrondit la pivoine,
Ma fleur qu'aucune n'abaissa
Durant son flot de plénitude.

Ô parure si peu rouée,
Tu succombes à la canicule.
De quoi vivais-tu? De ma faim.
Comme Brigande et Décevance
Brisant la soie de leur corsage.

LIBERA II

À *Nicolas de Staël.*

Approche de cette percée : la rose, dont la mort sans
    hébétude
Te propose une mort apparentée.
Flâne autour de l'élue ; tu la trouves ordinaire bien que
    fille de noble rosier.
La fleur de lin, l'aphyllante, le cyste rustique demeurent
    les préférés,
Ceux sur lesquels tes yeux s'abaissent dans le caduc et
    dans l'aride.
Mais la rose ! Justement cette nuit on a tiré sur elle.
Le trou adulateur à peine se distingue à la base de la
    nouée.
Meure la rose ! Sa vraie ruine ne s'achèvera qu'au soleil
    disparu.
Elle aspirait à l'air humide de minuit, à l'écoute d'un
    rare passant.
Il vint. Elle et toi à présent avez blessure égale.
Ta forme a cessé d'être intacte sous le voile d'aujourd'hui.
Nulle rémission pour toi, nulle retenue pour elle.
Le coup silencieux vous a atteints au même endroit, de
    l'aile et du bec à la fois.
Ô ellipsoïdal épervier !

ÉQUITÉ ET DESTRUCTION

Vint l'unique jour d'équité de l'année, en entier déroulé sur l'aube de chacun.

Pas la mienne. Jour qui se glissait dans mes larmes, elles l'avaient récusé ; jour m'exhortant à sortir sous son ciel isabelle pour niaisement le vanter. Et le revoir annuellement bleu par la suffocation et les esclandres ! Jour sans antériorité ni lendemain. Un tel jour, du coulisseau à l'abdomen ! Voit-on cela ? Cuirassé de raideur, pommelé de compromis, et m'invitant à me vêtir devant lui de dignité ! Sinon me suppliant de faire vite et de mourir. Dérision dernière-née : le renverser par un louche coup d'État.

Ô fraise à la chair liliale, les neuf énarques dressent pour toi un plan convertible d'occupation des sols carbonisés.

Ce fut l'unique jour d'équité de l'année, en entier déroulé sur l'aube de chacun.

Chants de la Balandrane

1975-1977

SEPT SAISIS PAR L'HIVER

> *À Claude Lapeyre qui m'a aidé à bâtir sur le givre sept petites maisons pour y recevoir, cet hiver-là, mon errance endurcie.*

PACAGE DE LA GENESTIÈRE

Devant la coloration des buis rougeoyants ne retentit pas la conversation de tous avec chacun. Aimez la vie, dirait-elle, vie, l'accostée et qui interpelle. Larmes, ne vous laissez pas convaincre d'en finir avec ce délirant.

Sur la colline du gypse gris nous accrocherons les tableaux de ce gueux de siècle, ventre et jambes arrachés. La nuit dernière encore, nous ne mentions pas à l'herbe ivoirine qui se givrait.

UNIMENT

Le sol qui recueille n'est pas seul à se fendre sous les opérations de la pluie et du vent. Ce qui est précipité, quasi silencieux, se tient aux abords du séisme, avec nos sèches paroles d'avant-dire, pénétrantes comme le trident de la nuit dans l'iris du regard.

ESPRIT CRÉDULE

Comme eux tous, le nez en l'air, tu vois s'avancer les étoiles. Tu distingues même dans le ciel d'innombrables sottisiers. Abaisse ta déception sur le libre et large herbier des terres à l'abandon. Vous voilà, filles du givre! Les étoiles qui ne se mélangent, les étoiles qui achèvent les miettes de leur nourriture nocturne sur la table du soleil.

MA FEUILLE VINEUSE

Les mots qui vont surgir savent de nous ce que nous ignorons d'eux. Un moment nous serons l'équipage de cette flotte composée d'unités rétives, et le temps d'un grain, son amiral. Puis le large la reprendra, nous laissant à nos torrents limoneux et à nos barbelés givrés.

SOUCHE

L'éveil au changement, la conquête, la promesse, la répression. L'aventure fut d'un bout à l'autre douloureuse, masse éclairée lunairement. Allez vivre après ça!

Au frisson de l'écorce terrestre, hommes et femmes exsangues succédaient.

Les esclaves ont besoin d'esclaves pour afficher l'autorité des tyrans.

PLACE!

Pendant notre sommeil apeuré viennent se presser contre notre corps, dans l'enceinte du lit, de petits soleils jaseurs qui nous réchauffent et nous préparent à l'épreuve glaciale du jour prochain.

L'insistance des animaux, les blâmes des fleurs sont à l'aube les premiers entendus. Tout ce qui est doué de vie sur terre sait reconnaître la mort.

Gens d'orée, son mélodieux d'une matière immonde, dans la neige vos pas grandissent par flocons éparpillés.

VERRINE

Le printemps prétendant porte des verres bleus et, de haut, regarde l'hiver aux yeux terre de Sienne. Se lever matin pour les surprendre ensemble! Je rends compte ici de ma fraîche surprise. Trois villages dans la brume au premier pli du jour. Le Ventoux ne tarderait pas à écarter le soleil du berceau gigantesque où trois de ses enfants dormaient emmaillotés de tuiles; soleil qui l'avait désigné souverain en s'élevant à l'est, riverain en le baignant encore avant de disparaître. Au clocher de l'église fourbue, l'heure enfonçait son clou, valet dont nul ne voulait plus.

LE BRUIT DE L'ALLUMETTE

J'ai été élevé parmi les feux de bois, au bord de braises qui ne finissaient pas cendres. Dans mon dos l'horizon tournant d'une vitre safranée réconciliait le plumet brun des roseaux avec le marais placide. L'hiver favorisait mon sort. Les bûches tombaient sur cet ordre fragile maintenu en suspens par l'alliance de l'absurde et de l'amour. Tantôt m'était soufflé au visage l'embrasement, tantôt une âcre fumée. Le héros malade me souriait de son lit lorsqu'il ne tenait pas clos ses yeux pour souffrir. Auprès de lui, ai-je appris à rester silencieux? À ne pas barrer la route à la chaleur grise? À confier le bois de mon cœur à la flamme qui le conduirait à des étincelles ignorées des enclaves de l'avenir? Les dates sont effacées et je ne connais pas les convulsions du compromis.

N'ayant que le souffle, je me dis qu'il sera aussi malaisé et incertain de se retrouver plus tard au coin d'un feu de bois parmi les étincelles, qu'en cette nuit de gelée blanche, sur un sentier ossu d'étoiles infortunées.

CRUELS ASSORTIMENTS

Écoutez, prêtez l'oreille : même très à l'écart, des livres aimés, des livres essentiels ont commencé de râler.

Nous sommes le parfait composé de quatre éléments. Nous pouvons brûler frères et choses, les noyer, les étouffer, les ensevelir. Et aussi les calomnier.

Dans une maison caricaturale, dehors et dedans ne sont pas différenciés. Ne sachant plus construire le Temps, mes contemporains ont désappris à loger la Fête. Ils sortent. Mais gagné l'air lumineux, ils rallient le groupe, l'essaim, le potentat. Le Temps travesti en chambre à miroirs les prend en haine et les mystifie. Qu'importe! La flottille de leur vanité mouille dans une rade à la mer d'huile.

Art d'ouvrir les sillons et d'y glisser la graine, sous l'agression des vents opposés. Art d'ouvrir les sillons et d'y pincer la graine pour l'établir dans la chair de sa peine.

Des lits qui ressemblent à des rêves. Et pourtant on y dort mal dedans. Non-dormeurs, mariez le mourant du jour en le séparant de son lit.

Repose-t-il en paix lorsqu'il a disparu? Ça creuse un souterrain. Ça vole avec la graine. Ça signe quelque trace. Ça reconnaît l'amour. Rien n'est anéanti, même pas l'illusion de la facilité.

Vivant là où son livre raidi se trouve. Et doublement vivant si une main ardente ouvre le livre à une page qui sommeillait.

Nous ne devrions pas être interceptables devant la clarté et l'ombre de nos mots vivifiants.

L'existence ne nous appartient que pour un bref essai. Devant l'incendie dévorant, nous ne faisons que pointiller l'espace. Pertinente escalade.

Marmots de la dérision, ô souvenirs controversés! Se tenant cois jusqu'à la casse. Au rythme de la rose en lessive.

L'attraction terrestre m'aura été peu douloureuse en comparaison de l'attraction humaine, totalitaire sitôt astreinte, entrecoupée de repoussoirs, de balivernes et de lubies.

Il est des cas limites où la délivrance de la vérité doit rester secrète, où nous devons souffrir pour la garder telle, où la nommer c'est déloger la clef de voûte pour précipiter au sol tout l'édifice. Mais comme on apprend cela tard!

Un dé de notre vie givrée pour l'index de la blanche nuit stimulant son aiguille vers le réseau du jour.

Mort, devant toi je serai le Temps en personne, le Temps sans défaut. Mais voilà, tu me regarderas avec les yeux seuls de la vie. Et tu ne me verras pas.

« Vous sentez-vous assez robuste et bien pourvu de souffle diagonal pour parcourir le trajet qu'elle vous a assigné dans ses steppes sans égales?
– Oui, je me sens capable, ayant été ailleurs suffisamment silencieux et combatif. »

Nous existâmes avant Dieu l'accrêté. Nous sommes là encore après lui. Durant que Dieu étalait sa paresse, personne sur terre; mais ce furent des dieux que le père malicieux laissa en mourant, auprès d'une Bête innommable. Ces sagaces décrurent et s'évanouirent. *À fleur de terre.* Nous réapparûmes, découvrant leur existence par trace, tantôt pure, tantôt altérée – et l'ingérant. Cette histoire s'expose à la malignité, aussi à la régalade.
Homme de soufre! Homme de l'âge du raisin!

L'écriture : pour certains la distraction horrible. Pour nous : le liseron du sang puisé à même le rocher, liseron élevé au-dessus d'une vie enfin jointe, liseron non invoqué en preuve.
La parole écrite s'installe dans l'avènement des jours comptés, sur une ardoise de hasard. Elle ne témoigne pas avant le poudrement, mais répond. Entre deux vapeurs humidifiantes.

Je resterai dans mon verbe, à proximité des bassins où mon siècle radoube ses coques. Quant à l'homme en cendres, modèle de loisirs, il ira se désunir ailleurs.

Les événements que nous mûrissons n'obtiennent pas plus, ne méritent pas mieux, ne sont pas moins aveugles, que ceux que s'inflige la nature écervelée dans les pires mois de ses calamités.

Ma mémoire est une plaie à vif où les faits passés refusent d'apparaître au présent. S'ils y sont contraints, ils saignent et une chatte n'y reconnaîtrait pas ses petits sanglants.

Des flots où nous nous trouvions, nous lancions des ponts et fondions des îles dont nous ne serions ni l'invité ni l'habitant. Tel est le destin des poètes exaspérés, ouvriers qualifiés en prévisions et en préparatifs.

Se hâtant d'avoir empire sur nous, les illusionnistes s'enfoncent dans le cerveau du chardonneret et fouillent.
....

Le soleil dans l'espace ne vit pas mieux que notre ombre sur terre, quelle que soit sa prolixité. Blason déchu, il est seul, nourri de ses excréments; seul comme est seul l'homme, ennemi initial, les ongles dans le pain de ses ennemis.

NEWTON CASSA LA MISE EN SCÈNE

Je me voulais événement. *Je m'imaginais
partition. J'étais gauche. La tête de mort
qui, contre mon gré, remplaçait la pomme
que je portais fréquemment à la bouche,
n'était aperçue que de moi. Je me mettais
à l'écart pour mordre correctement la chose.
Comme on ne déambule pas, comme on ne
peut prétendre à l'amour avec un tel fruit
aux dents, je me décidais, quand j'avais
faim, à lui donner le nom de pomme. Je
ne fus plus inquiété. Ce n'est que plus
tard que l'objet de mon embarras m'ap-
parut sous les traits ruisselants et tout
aussi ambigus de* poème.

1926.

EN DÉPIT DU FROID GLACIAL

En dépit du froid glacial qui, à tes débuts, t'a traversé, et bien avant ce qui survint, tu n'étais qu'un feu inventé par le feu, détroussé par le temps, et qui, au mieux, périrait faute de feu renouvelé, sinon de la fièvre des cendres inhalées.

VIRTUOSE SÉCHERESSE

Dans le baiser du vin, bois le corps du vinaigre.

Tard il se sut : science atteint sa cime.
Il cessa de rêver. Larmes et rires sont fossiles.
Trois fois rien de changer beaucoup d'or en acier
Avant de se mouvoir mensonge de fumée,
Tandis que s'accotant monte l'enniaisement.

Chaos n'enseigne pas aux chaos l'homme entier!

Il reste à irriter l'étoile ophidienne
Où l'archimage dort enroulé.

PRÉVARICATEUR

« Je remercie chaque matin courtoisement le diable ou l'un de ses agents penché sur mon ardoise. Prévenance n'est point pacte.
– Que répond-il?
– Mec, laisse tomber. C'est un daru.
– Satisfait, dans l'injuste milieu?
– Non.
– Alors?
– Les années admirables, la grande peste, la juridiction mathématique, l'horloger d'ici marmot sinistre, toi à demeure. »

LE CRÉPUSCULE EST VENT DU LARGE

Quand nous sommes jeunes, nous possédons l'âme du voyageur. Le soleil de Ptolémée nous fusille lentement. C'est pourquoi deux éclairs au lieu d'un sont nécessaires si la nuit glisse en nous son signet.

Au temps de l'art roman, les écoliers et les oiseaux avaient le même œil rond. Je me posais à côté de l'oiseau. Tous deux nous observions, ressemblants.

La serpe composa, la ronce enveloppa le blâme, le piège s'ouvrit. De nouvelles coutumes éduquèrent la terreur.

Dix heures du soir, le moment d'aller dehors, de lever la tête, de fermer les yeux, d'abattre la sentinelle, de la désigner au nouvel occupant du Trapèze.

– Sur sa déclinaison, qu'as-tu distingué dans l'astre que tu as nommé?
– Des milliards, ô miroir dénanti, de figures déjà formées projetant de mettre sur le dos cette terre sans rivale.

— Alors pourquoi ta hâte étrange?

— Il le faut, nous transférons. La mort, l'éventuel, l'amour, l'étamine liés réchauffent la pelle et le sablonnier.

Grâce à la rigueur des calculs, sont honorés à demeure, sur la barre de bois du Trapèze, cerveaux et corps célestes : Copernic, Galilée, Kepler, Newton. D'un coup d'aile corsaire, Leibniz s'est arraché à l'espace établi, après un regard en arrière, et a posé au large, sur la butte d'un îlot coloré, ses pattes désirantes.

DESSUS LE SOL DURCI

Dessus le sol durci du champ à l'abandon
Où les ceps subsistaient d'une vigne déserte
Filaient une envie rose, une promesse rousse.

Sur le cadran de l'heure au lent départ,
Petit jour n'assouplit pas l'espoir
S'il ne donne la grâce aux yeux qui le dégrèvent.
Écarlate, incarnat, pourpre, ponceau, vermeil,
Ce petit jour dans mon regard
Découvrit au marcheur précédé de son chien
Que la terre pouvait seule se repétrir,
Point craintive des mains distraites,
Si délaissée des mains calleuses.

VENT TOMBÉ

Combien souquant tes ambitions luxuriantes, cette aube-ci, tu m'apparais passée par les verges, pauvre terre, entre l'usine à l'aisance méphitique, dont nul vent n'exorcise la fumée, et la pleine lune, sec crachoir des terrestres ou miroir boueux du soleil, l'arrogant limeur à son établi tout à l'heure. Soleil!

Sous l'obscur du corps se frappe un chiffre. Cet incident inaperçu va briller et se réfléchir sur la gerbe de nos vertèbres jusqu'à la diversion : un lâcher de hiboux vermeils. Scellé mais libre de s'élancer. Là nous abreuve l'Amie qui n'a point d'heures et qui s'enorgueillit de nous.

LA FLÛTE ET LE BILLOT

I

SOUVENT ISABELLE D'ÉGYPTE

Ton partir est un secret. Ne le divulgue pas. Durant que roule le gai tonneau du vent, chante-le.

Affronte Estropios tant qu'il sue.

Fine pluie mouche l'escargot.

La source a rendu l'ajonc défensif en le tenant éloigné du jonc. Ne fais pas le fier, rapproche le premier du second.

Lit le matin affermit tes desseins. Lit le soir cajole ton espoir, s'il fuit.

Ne brode pas dans le brouillard.

L'angle de l'oreiller se moque de la tête.

Compte huit bracelets à l'araignée, et une calotte en or.

LE SEAU ÉCHOUÉ

– Je l'entends gémir de plaisir,
S'il tient dans ses parois de fer,
Sans la serrer lorsqu'elle danse,
La chère enfant qui boitillait,
L'eau jeune que la nuit consent,
Sais-tu à qui, puits chargé d'ans?

– Celui qui tenait le milieu
En titubant sur son parcours
A divorcé de son trésor.

114

LE JONC INGÉNIEUX

J'entends la pluie même quand ce n'est pas la pluie
Mais la nuit;
Je jouis de l'aube même quand ce n'est pas l'aube
Mais la blancheur de ma pulpe au niveau de la vase.
La bouche d'un enfant me froisse avec ses dents.
Amour des eaux silencieuses!

À l'aubépine le rossignol,
À moi les jeux fascinants.

L'ACCALMIE

PAROLES DU CERISIER SAUVAGE

Cueillez-la, je vous tends mes branches;
J'étais le cerisier de l'avalanche.

Tel l'épileptique couché sur le parapet
Je ne me blesse pas si je tombe.

JUVÉNILE DEVENIR

Libre cheval qui souffle sur mon champ,
Éveille le coquelicot, j'immortalise le pavot.

MOULURE

Ingénus, vous brossez la glace
Afin de rendre familier le froid dans ma maison.
Ce qui grandit dessous c'est la ruse, la rose.

La pierre épanouie attribue l'essor
À la main amoureuse qui a cessé de pendre.

L'INFIRMITÉ MERVEILLEUSE

Le soleil ne se contente plus de nous éclairer :
Il nous lit !
Et cela est désastreux
Pour sa vue. Pour nous.

Nous, écaillés par l'astre.

FUMERON

Quand Nietzsche se fut baissé pour te cueillir,
Fleur incisive de l'archée
Sur l'éminence du départ éternel,
L'étoile d'iode brûla sa vue
Et reconnut la nôtre.

Ô charrue sans oreilles, ritte !
Couvre-nous d'une housse de dettes
Après nous avoir augmentés.

ENTRAPERÇUE

Je sème de mes mains,
Je plante avec mes reins ;
Muette est la pluie fine.

Dans un sentier étroit
J'écris ma confidence.
N'est pas minuit qui veut.

L'écho est mon voisin,
La brume est ma suivante.

À LA PROUE DU TOIT

À la proue du toit la hulotte,
De son œil accoutumé,
Voit l'aube assombrir la prise
Que la nuit lui livrait sans leurre.

Après l'écho écartelé,
L'arrachage des mûriers;
L'oiseau dont seul le cœur transpire
Présage un cruel demi-jour,
Le ciel où s'embrasa Corinthe.

L'un l'autre avons même souffrance
Et le vent est bien léger,
Le vent à tête de méduse,
Qu'à Martigues en peine d'enfance
J'avais pris pour un cri d'oiseau
Alertant la voûte cendreuse.

HAUTE FONTAINE

Toujours vers toi
Sans te le dire
Jusqu'à ta bouche
　　　aimée.
Mais l'instant qui coule
Me nomme
Quels que soient les traits
　　　que j'emprunte.

Préférée de l'air la calandre
Ne met pas en terre son chant,
Et dans les blés le vent passe.

J'approche de la rose
La pointe de ma flamme.
L'épine n'a pas gémi!
Seule ma propre poussière
Peut m'user.

NE VIENS PAS TROP TÔT

Ne viens pas trop tôt, amour, va encore;
L'arbre n'a tremblé que sa vie;
Les feuilles d'avril sont déchiquetées par le vent.

La terre apaise sa surface
Et referme ses gouffres.
Amour nu, te voici, fruit de l'ouragan!
Je rêvais de toi décousant l'écorce.

LE RACCOURCI

Tourterelle qui frissonnes
Par le travers des arbres,
Ton chant fronce les halliers
Où nous nous dénudons.

Laisse-nous seuls, nos pieds en source,
Nous songeons déjà à Byzance,
À ses hécatombes d'empereurs,
À l'un que sa phobie de l'eau
Fit couvrir le Bosphore de planches.

Dans le pur miroir curviligne,
Revoyons la petite Théodora
Balayer les stalles du cirque
En poussant le crottin
De son pied gracile.
Demain a contour d'insecte
Tant bossue est l'espérance.
Entière eût-elle tressailli?

Sous une vague aux flancs profonds,
Si bien pourvus soient les chœurs,
Les heureux sont emportés.

Tourterelle qui frissonnes
Par le travers des arbres,
Ton chant fronce les halliers
Qui vont se dénudant.

GAMMES DE L'ACCORDEUR

Les dieux, habitez-nous!
Derrière la cloison,
Nul ne veut plus de vous.

HILARION DE MODÈNE.

Hôtes persuasifs de la soupe brûlée,
Collectionneurs d'aiguilles, de fil bariolé,
Nul ne veut plus de vous.
Les témoins sont durcis.

Décimés les nuisibles
(La loutre et le héron!)
Le rossignol raconte
Que vos coffres conviennent
À un navigateur
Instruit par tant d'errance
Et d'échecs répétés.

L'intérêt d'être ensemble
Est de n'être ensemble
Ni hommes ni dieux,
Mais l'apprenti d'un jour,

Bien paré de son dû ;
Les vents qui l'assistèrent
Ont leur content de flammes.

Au désert d'agonie, sans pleurs au retour,
La pendule bloquée et la fenêtre lente,
Moi debout en sueur et vous secs en dedans,
Ni meilleurs ni pires, nous murerons le four
Et ouvrirons la chambre où guérit l'enfant bleu.

LOI OBLIGE

L'étoile qui rauquait son nom indéniable,
Cet été de splendeur,
Est restée prise dans le miroir des tuiles.
Le féroce animal sera domestiqué!

Sitôt que montera la puissante nuit froide,
Où les yeux perdent tôt la clarté d'utopie,
Parole d'albatros, je l'ensauvagerai.

LA FLÛTE ET LE BILLOT

II

SCÈNE DE MOUSTIERS

Réplique à une assiette de faïence

L'infini humain périt à tout moment. Qui n'atteint la superficie immense ou l'éphémère pelouse sur laquelle a lieu sa dislocation?

Tu t'enfonces en trébuchant. Te voici comme l'ours blanc dans le chaos de la banquise. L'oubli et la crainte des ennemis qui le charmaient et l'épouvantaient n'ont plus prise sur lui. L'ours se meurtrit aux glaces des solitudes polaires, hier encore si bien dessinées devant ses yeux myopes. Son puissant corps s'affaisse, son museau rosit et la mer tarde à l'ensevelir.

Toi, une façon de neige intérieure révèle à tes suivants la fin de tes attachements en même temps que la conversion de ton exil. Bienfait de ce jour-là : c'est la fête des sabotiers! Ils dépensent leur foi et réchauffent la terre.

COMME LE FEU SES ÉTINCELLES

Nous faisons nos chemins comme le feu ses étincelles. Sans plan cadastral. Nos vergers sont transhumants. Terre qui gémit pourrit dans l'espoir. Nous, polis sans raideur. Atteindre l'arbre équivaut à mourir. Parole d'aube qui revient chaque jour. Lieu qui tourne et ne s'use pas. L'épouvante, la joie, les dociles.

Je ne m'enfouirai pas dans les grottes de Neptune mais continuerai, trouble de ma raison, à me raconter les cortèges d'arcs-en-ciel et de tempêtes sur les pierres roulées de la tour de Dionysos. Ô campanile de Céreste! Campanile, bulbe non amplifiable, soufflet de fer aux joues du vent équarrisseur.

L'ÉTOILE DE MER

Dans le foyer de ma nuit noire
Une étincelle provocante
Heurta le tablier de cuir
Que je gardais par habitude
Autour de mes reins désœuvrés.

Sans doute un mot bas de Cassandre,
Utile à quel avenir?
Fallait-il qu'il se révélât
Entre cinq de mes différences,
Au terme d'une parabole
De mensonge et de vérité?
Se protéger est acte vil.

Lève la tête, artisan moite
À qui toute clarté fut brève!
Cette source dans le ciel,
Au poison mille fois sucé,
N'était pas lune tarie
Mais l'étoile frottée de sel,
Cadeau d'un Passant de fortune.

SANS CHERCHER À SAVOIR

À Johannes Hübner (1921-1977).

Devoir se traverser pour arriver au port! Durée : la brûlure du chant d'un coq. Sera-ce un lieu chimique, riche du sang des leurres, propice au rocher sous le tumulus des ferveurs? Port dont le dessin ne fut pas tracé à l'aube, mais dont l'identité scintille dans l'égal. D'un cœur enfant, nous le présumons immense et adapté à nous. À nos longs antécédents, à notre constitution. Nos imageries, au fur et à mesure que nous nous en approchons, se réduisent, se révoquent et s'enneigent. Cendres ou source, confiez-vous à l'arbre des lointains, dernier-né de l'ormaie.

LE SCARABÉE SAUVÉ IN EXTREMIS

L'étoile retardataire vient à son tour d'éclater. Notre double cœur l'a perçu. Son brasier au visage grêlé sera le dernier d'une longue carrière. Le rang des ténèbres s'est ouvert. Mais qu'elle doit hésiter, sans son nom, à s'y glisser! La souffrance éparpillée commet peu d'énergie. Moins qu'un soleil. Moins qu'une chatte décidée à mordre. Pour nous, il ne s'agit que de naître et de battre l'air, d'écumer un moment, puis d'enserrer une nuque docile et de rire de l'embarras du coursier. Au bord des belles dents des jours, la part privée de cœur, aiguisée de hantises, devra-t-elle encore être ce bourreau de la nôtre, la libérable, comme c'est la coutume? Les meurtriers innocents achètent des bijoux à leurs filles. Nous, non. Ah! aujourd'hui tout se chante en cendres, l'étoile autant que nous.

LE RÉVISEUR

Il m'était difficile de faire glisser mon imagination au milieu de tant de calme. À l'entrée même de ce mot creux où rien de ce qui nous élève ne retentit plus. C'était si bas, si bas devant mes pieds et sans une trace d'air... Je parviendrai à m'y étendre. Mais seule l'irascible Riveraine, au sortir des misères et des splendeurs de la vie, la courtisane au collier de fer, devait permettre l'accolade véridique, et peut-être consentirait-elle à me la donner pour autant que je ne l'aie point déçue, si inapte suis-je à me retourner. Je ne lui demandais que le viatique vicariant, pas davantage. De frénétiques délateurs, des bourreaux tranquilles, à l'ouvrage dans l'univers, s'appliquaient selon des préceptes supérieurs. Une domesticité savante attachait ses connaissances à les satisfaire, emplissait de proies leurs calices entrouverts. Sur l'écran de ma veille, face à la glace diffusante des lunes et des soleils, le monde quotidien de l'internement, de la filature, de la déportation, des supplices et de la crémation, devenait pyramidal à l'image du haut négoce qui prospérait sous sa potence en or. Mais j'avais vu grandir, écarlate, l'arrière-fleur aux doigts du ferronnier, bondir de son berceau l'eau dédiée à la nuit. Comme un lac de montagne avoisinant la neige et le hameau, j'avais vécu.

LE NŒUD NOIR

Je me redis, Beauté,
Ce que je sais déjà,
Beauté mâchurée
D'excréments, de brisures,
Tu es mon amoureuse,
Je suis ton désirant.
Le pain que nous cuisons
Dans les nuits avenantes,
Tel un vieux roi s'avance
En ouvrant ses deux bras.

Allons de toutes parts,
Le rire dans nos mains,
Jamais isolément.
Corbeille aux coins tortus,
Nous offrons tes ressources.
Nous avons du marteau
La langue aventureuse.
Nous sommes des croyants
Pour chemins muletiers.

Moins la clarté se courbe,
Plus le roseau se troue
Sous les doigts pressentis.

VENATIO

Le froid court de place en place.
Lorsque les fusils flamboyants
Attendent pour se fiancer
Une perte de clairvoyance,
Plus d'aériens avirons!
Devant les ailes de la grive
Le chêne vert bientôt se ferme.
Au seul horizon abaissé :
Naissances obscures sur la terre.

L'hiver, tu sais, a deux besaces,
L'une devant, l'autre derrière.
L'aigre matin de représailles
Prépare aux tâches d'illusion.
Bordé de noir, petit dynaste,
L'arbre roide qui ne se dévide
Est lourd de verte obscurité.

LE TRAIN MARTYR

L'argent s'épuise.
L'appétitive excavatrice
N'ira pas plus avant dans le trou frémissant.
Fini, fini, l'argent s'épuise.
Humeur! L'égout n'assortit plus ses eaux
De neiges éternelles.

Paléontologique commerce de la banque,
Les hauteurs de l'argent, dit-on, s'affaissent.
Celui-ci roulotte loin dans ses plaines finales.
Nul Cuvier ne se penche
Sur la manne dispersée.
Biens des vieux océans exhumés
Retournent aux ouragans stériles.
L'homme creuse là ses abris, croit-on,
Mouillé de sang et sec d'espace.
Est-ce le terme, est-ce l'issue?

L'angoisse est pauvre, le désert fier.
Ce qui naît à chaque aube obscure :
Prendre tout et comprendre peu
Réciproquement s'interdisent.
Tu tiens de toi tes chemins,
Aussi leur personne pensive.
La folie est sans destinée.
Où elle sera, tu n'es plus.

LE DOS TOURNÉ, LA BALANDRANE...

À l'horizon de l'écriture : l'incertitude, et la poussée d'une énergie gagnante. Le dardillon autour duquel va s'enrouler la concrète nébuleuse se précise. Une bouche pourra bientôt proférer. Quoi? Rien de moins dessiné qu'un mot venu de l'écart et du lointain, qui ne devra son salut qu'à la vélocité de sa course. Le hasard, l'usage, une ouïe aiguisée, l'imprévisible, le non-sens, la fourchure, le limité, aussi la flexible logique ancestrale, à travers le sable soulevé, désignent ce mot à de larges et hostiles tourbillons autant qu'à de plaisantes adoptions. Mais quelle allonge! Il a passé... La mansuétude.

Plissons les yeux, tendons l'oreille, assouplissons nos sens, il semble que là-bas, la somme des épreuves soit complète.

*

Au risque de renaître sous les traits d'un balandran, répétons ici la scène de l'arroseur arrosé.

BALANDRAN : *a)* Manteau de campagne, manteau de pluie, cape de berger en étoffe grossière fendue sur les côtés. Peut-être du celtique *bal*, signifiant enveloppe, et *anidro* qui signifie autour. Plutôt du latin *palla*, robe, ou

141

encore *pallium,* manteau de cérémonie. Les Italiens en ont fait *palandrano.* Le balandran est aussi le mois d'avril, et encore un vieux meuble qui embarrasse.

b) Bascule d'un puits de campagne pour tirer les eaux vierges.

c) Plateau d'une grande romaine pour peser les objets d'un fort volume. Du latin *balanca?*

d) Balandra, sorte de bateau à fond plat, du hollandais *bylander.*

BALANDRON : conducteur des chevaux de bât en montagne. Du francique *balla,* qui a fait aussi ballot de marchandises.

Balandrin : colporteur.

Se balandriner : se promener lentement. Peut-être de *ballare* qui signifie danser.

BALANDRAN : branle d'une cloche. Glas pour un enfant. Le train d'une maison. Un lourdaud qui va les bras ballants. Le cahotement d'une charrette. En Rouergue, un entremetteur de mariage.

Mais ces projectiles futurs, à ce stade, ne sont pas encore accrédités.

CHANTS DE LA BALANDRANE : du lieu-dit *La Balandrane,* une ferme sur un plateau boisé où subsistent les ruines de nombreux puits abandonnés.

*

À cette minute le mot Balandrane, *avec le cortège de sa poursuite. Parmi des centaines d'autres, indifférents, un papillon qui se déroute, vole autour de nos tempes et foisonne.*

142

Lorsque tu te sentais refroidir, au petit jour des hivers récents, **Genestière, Balandrane,** *comme le poêle bien tisonné qui accueillait à l'école communale les enfants que nous étions, le mot appelle un essaim de sens hors du puits de notre cœur gourd. Peu de chose, cette affaire énumérée! Le train d'un mot. Une pincée consentie par le réel dont nous explorons les formes en fonction d'un devoir d'assistance indéfiniment prolongé et ironique, comme le ciel, ce monte-sac, et le vieil enfer cousu d'espoir de la cellule humaine. Il me faut la voix et l'écho. Le sel de la terre galope avec mes bœufs.*

Les Voisinages
de Van Gogh

L'AVANT-GLANUM

Parmi les sorties violentes d'étoiles, nos tutoyeuses, une qui pousse un cri contre nous puis meurt, d'autres qui brillent une soirée d'impatience puis s'opposent, comme si de rien n'était, d'elles à nous. Seront-elles toujours surplombantes dans la Voie où nous étouffons, où nous étranglons?

L'effrayante familiarité des matières célestes avec leur entourage rutilant, baisé au rouge des hommes, ceux-ci non encore composés, moins encore archivés, ou seulement dès que les désirs des forains divins les ont révélés à leur possible de malheur. La plus proche lune, l'assoiffée, se montrera au juste instant de nos eaux vives.

Prend fin le portrait de tant de nullité et de crimes fendant le vide et l'espérance autant que la nausée, en suspension dans le peu d'air restant. Nous ne sommes pas matière à douter devant le rituel sablonneux laissé au rivage exténué des Saintes.

PIERRES VERTES

S'endormir dans la vie, s'éveiller par la vie, savoir la mort, nous laisse indigent, l'esprit rongé, les flancs meurtris.

Ne témoignez pas, ne répondez pas que l'apport du jour est beaucoup trop faible en nous. Vous parliez déjà ainsi sur le seuil de notre logis vieux du Léthé.

Une étincelle a brûlé mon tablier de cuir. Qu'y pouvais-je? Cuir et cendre!

« Éloigne-toi, m'indique-t-elle, ne prends pas en chagrin mon tablier en fleurs. »

L'imprécision du temps a besoin, elle aussi, d'être vécue. Comme l'accrue du mot.

148

BORNAGE

Celle qui sortit sans être vue sera née de l'éclat de deux bougies allumées au plus près des dominants apparus. Georges de La Tour ne les élèvera à nouveau que l'objet de son attention se déplaçant. Et sur les rets de la flamme roussâtre. Ainsi sera gravie, première alliée, l'Olympe neigeuse aux roches basanées. Des ténèbres qui n'ont pas d'ailes veillent au loin sans glisser au sol, lestes conseillères.

Sous les flocons déjà saignants – ils ne vont plus cesser leur travail au cerceau – le pas de Vincent s'éteint dans la neige qui crie. Le peintre est reparti, mais vers l'image muette comme si la peinture ne connaissait pas d'autre expression. Sommes-nous morts d'être accueillants? C'était hier lorsque les averses de couleur se succédaient, saintes folles dans la tirade du grand rire de la nuit obscure.

ÉTIONS-NOUS SI FRAGILES?

Que ne pouvais-tu promettre sans t'en aller, ô belle Vie!
C'est le moment, il faut tenir!
Tu dois changer ou t'éteindre si tout fut feu d'abord;
Sous mes yeux la truite meurt droite et courbée;
Mon souci, ce présent mal dissimulé, peut enfin courir
    hors de moi
Je le devine respirant pour la première fois.
Le svelte papillon noir s'élève devant mes jambes, en
    voletant;
Dans mes lointains où n'erre ni soleil ni nuit,
J'entends mille airs de chanson rognant les griffes du
    sommeil.

Prairie offerte à ceux qui luttent,
Désir tendu l'éclair suivant,
Ce corps sans ardeur stoppe chute
Et retourne à ses bourgeons,
Sur l'air des grands ressentiments.

LA LONGUE PARTANCE

Avec le docile reflet de la silhouette d'un boxeur sur l'eau, je me suis endormi. Ensuite j'ai oublié l'essentiel des restes de ma vie là-bas, là-bas, magnétisant encore.

Je n'avais pas emporté la ligne étroite de mon retour. J'avais l'approbation de mes matins et celle d'un ruisseau piétiné.

Les prévoyants, les offensés demeurent loin des chicanes du pouvoir. L'avenir aurait une parole pour eux qui les rapprocherait solitairement du soleil et de ses conventions, et plus tard d'une ombre sans anneau.

Je me souciais peu de trouver des traces plus anciennes. Bien que l'âge se fût emparé d'elles, les formes les plus fines dessinaient sur la nue des lopins remuants.

C'est ainsi que je rencontrai un homme non las, s'étoilant de privations. J'eus grande envie de m'éloigner, mais sans vaciller je courus à ses côtés, vers plus évident!

La vaste mer, il me semble, sans tempête et sans chaleur.

151

IRRÉFLEXION

Amants pourchassés croyant renouveler les couleurs
de leur premier paysage, puis écartant l'empressement
du temps se donnant mensongèrement pour immortel,
nous nous sommes emplis d'un souffle précipité jusqu'à
l'extinction de la dernière couleur. Elle résistait encore
aux meules qui n'avaient pas cessé de nous accompagner
de leurs tours prometteurs. Le pilote qui nous aurait
mis hors des passes haïssait l'avidité de notre arc-en-ciel.
Mais pour qui miroitait celui-ci? Pour des nuages moins
taciturnes? Naissance du contentement dans la pluie à
jamais recluse?

SOUS UN VENT CUPIDE

Serons-nous demain encore un passant d'Aerea, la ville soigneuse, construite deux âges avant nous, lorsqu'un voisin, mettant l'heure en lambeaux, pour bien mourir, ne se rendit pas maître d'un courroux dont les torrents de pierres roulèrent dans le Rhône? Le passé est sans amour-propre. Les fleuves n'ont plus d'affinité qu'en servitude.

DEMI-JOUR EN CREUSE

Un couple de renards bouleversait la neige,
Piétinant l'orée du terrier nuptial;
Au soir le dur amour révèle à leurs parages
La soif cuisante en miettes de sang.

UN GRIMPEREAU

Géographie pour tant d'oiseaux, le relief de la vue, la
    délicate ne se lassera jamais de l'apprendre,
Passereau facétieux.
Celui-ci, on ne le dissuadera pas des moments
    d'égarements,
Il vit si proche de nos voix journalières.
Écorce soulevée après écorce fendillée, mais conservateur
    de l'écorce!

Le petit coursier n'a grandi d'un bec et d'un ongle que
    pour répertorier le désordre du jardin de l'Aimée.
Fin diseur d'un jour d'hiver calme,
Grimpereau, charmeur des soupçonneux.

LE BON SAUTEUR

Tigron, mon chien, bientôt tu seras un grand cerisier et je ne saisirai plus la connivence de ton regard, ni le tremblement de l'anse de ton museau, ni se projetant de droite et de gauche tes abois prévenants jamais ennuyeux. Quelle direction allions-nous prendre? J'entrais et sortais dans ta jeunesse, côtoyant une si longue existence qui ne deviendrait peut-être la mienne que pour s'ajouter un jour à mon oubli, tête anonyme. Puis se profilerait en fin de compte un champ qui pleurerait de se laisser traverser! Ni attentionné, ni indifférent. Tandis que je lirai sur ton cœur battant beaucoup trop vite : fatale séparation.

Ah! celui-là perd sa convention qui ne distingue sur le miroir disparu de sa maison que les deux mots *entrer* et *mourir,* n'ayant rien d'un passant triste. Du moins le croit-il sans chance aucune de retour. L'affection, mon chien!

LA GARE HALLUCINÉE

Ingénieux, bien qu'en disgrâce, des rebelles qui ne se trouvaient pas là auparavant, élaborèrent des symboles, des analogies, une témérité, des soudures originales, une vie humaine au profit d'une action singulière qui, mémorable, n'aurait dû échapper qu'à des individus indolents. C'est à *L'Estaque*, après un souffle d'air pur au ras des pierres, en vue des hélianthèmes lumineux, que la gare accomplit sa révolution, mais une révolution soufferte et souvenue, merveilleuse. Ainsi l'avons-nous approchée, en son sujet principal.

L'Estaque secrète écoute la gare s'éveiller telle que les divins un matin l'ont surprise. L'Inconvenable appelle d'un signe blanc du bras ce qui viendra vers elle, et se taisant l'emmènera.

Ici, parmi le petit nombre de présents assemblés, qui n'a vu briller cette nudité? Mais la mer toute proche, le ciel pulvérisé, au plus loin, au plus haut, la suivent d'un mouvement heureux.

« Ma solitude, où tiens-tu mon désir enfoui? »

Le sang endormi est doux sur le poignard. La jeune journée ne prétend pas à une autre magie éprouvée. Qui ne redouterait cette assaillante nue?

« Mes seins te montrent une terre d'algue, une terre de nuit. » Le temps d'une sœur identique. Souterrain n'est point refuge, mais corps ouvert, cerné d'aube lascive.

Prairie, reine de tout l'espace du muet miroir, accepteras-tu de dialoguer avec mon encre en peine, de courber le roseau vert sans l'entendre souffrir?

Il n'y a qu'elle, parmi la dérision des formes qui refusent de se lier, qu'elle, et son silence noir en son indépendance rassurée.

La chambre nuptiale, cet immense tunnel dont la rumeur est celle d'un cavalier égaré.

Voici le temps venu des grottes d'acier, de l'invisibilité démente. Perdue est la Sirène devant laquelle autrefois les fougères s'exprimaient, goutte après goutte.

Un gardien ivre, là! Lui, l'Absurde à sa tâche. Un regard à demi mort, obéissant, mal fixé pour toujours.

Long train inaperçu, soudain jaillissant, s'accélèrent nos larmes, j'interdis ton arrêt. Ô souliers d'amour, vous seuls savez pointer la joie, la soif, la peur! N'apprenez pas qui serai-je! N'apprenez pas. Et je meurs.

L'Estaque, sais-tu, verre brisé dans l'altitude, tremplin floral, sommeil d'hypnose, lente incomprise, nuit jamais couchée? Comme un oiseau dessinant le portrait d'une chatte abasourdie, nommez-moi Terre, je vous révélerai ma dernière métamorphose, ou ma première migration.

TE DEVINANT ÉVEILLÉ
POUR SI PEU...

L'INVITÉE DE MONTGUERS

Pression des chances sur les blés.
La neige ne fond pas gaiement,
Évasive enfant descendue de l'air,
Lorsque les nuages cantonnent.

Qu'une vitre héberge son souffle
Comme le veulent les amants!

Ah! que nette est leur aventure
Qui passe pour durer mille ans
Mais peut se conter sans mémoire
À l'aube riante du sang.
Il n'est que d'aimer pour le croire.

Sous un musical soleil gris,
Te lançons un caillou, salut!
Torrent, le plus jouisseur des ruisseaux.

Sève et froidure emblavent un avril :
Renaître à l'espoir, fièvre impénitente.

LA LISEUSE FARDÉE

La lune derrière notre épaule – c'est sa ronde habitude – afin que se répande sur notre voisinage une moins décevante lumière, sur notre convoitise un sein mieux médaillé.

Pleine ou entamée, elle ne jouit que mêlée à l'onde batailleuse. C'est alors que nous voyons se rouvrir la poissonnerie du soleil, et entrer, se bousculant, les acheteurs des butins refusés. Libérée de son patrimoine, ne mettant personne à terre, elle regarde bleuir avec malice et cruauté le champ des invectives.

SOCIÉTÉ

Nous étions en décembre, la nuit s'habillait tôt. Une fougueuse pluie s'emmêlait dans un vent glaçant et lui portait des coups de pointe. Quelques chasseurs se dissimulaient dans un taillis, un genou sur les brindilles. Leur gibier migrateur par ce temps maudit était un vol de grives apeurées; l'œil des tireurs, sur leurs riches terres aux plants trop bien alignés, imaginait les oiseaux au couchant, pressés de mourir.

Les fonds de lit sont zélés mais très froids.

ENCORE À ÉCOUTER

Comment ne pas lire dans les rides de ces ternes chasseurs quelque chant d'une attirance de venaison? Sœur proche de la nôtre dans l'espace émigrant.

Il ne faut pas frapper fort sur la poêle pour que coule dans le sac l'essaim des piqueuses en surnombre, kyrielle de nos pensées toujours disposées à se reproduire par l'oreille obstinée de la joie.

LE CONDAMNÉ

— Soleil, lent imberbe, arrivé sur ta fin, dis-nous tes activités secrètes?

— Si ma réalité s'entasse, tu peux la tamiser. Si l'indolence me colore, dois-je me ravilir? Abandon de la base, chute sans contusion.

Deux femmes s'avançaient, s'encourageant l'une l'autre à faire l'éloge du condamné, sous des allusions sans douceur.

UNE ÉNIGME ÉCLAIRCIE,
QUELQUES TOUCHES D'AMOUR

J'ai le souvenir de Buisson, de Visan, aussi de
   Richerenches,
Où les odeurs de soupe s'enfermaient dans les chambres
Silencieuses comme les semelles d'un maçon vieilli sans
   paradis.
J'ai le souvenir d'horizons sans sommeil autour de ces
   villages; la première neige les montrait droits tels des
   accusés qu'effraie leur innocence.

Mais le languir soudain réclame le grand large;
Le rapace rejoint sa femelle en plein vol;
Les univers anciens remettent à d'autres, aveugles, leurs
   soleils.
Une jeune Romaine révèle sa présence et se retourne
   sur la ville dont la ceinture garde des traces d'amour.

Toulourenc! Toulourenc! que j'ignorais si proche,
Nul faux bourdon dans les rimes de tes eaux,
Sinon le désir reconduit du Ventoux, t'évitant les terres
   hargneuses.

UNE BERGERONNETTE MARCHE
SUR L'EAU NOIRE

Maintenant que nous sommes délivrés de l'espérance et que la veillée fraîchit, nul champ sanglant derrière nous, tel celui que laisserait un chirurgien peu scrupuleux au final de son ouvrage. Que le geste paraît beau quand l'adresse est foudroyante, la suppression du mal acquise! Bergeronnette, bonne fête!

Mare de Réalpanier, 1984

LES VOISINAGES DE VAN GOGH

Je me suis toujours senti un rien en avant de ma sertissante existence le voisin de Van Gogh, que plusieurs saint-rémois m'avaient assuré être un peintre exalté, sinon peu sûr. Il sortait longuement la nuit, disparaissait entre d'épais cyprès que de rapides étoiles abordaient facilement, ou bien il ameutait le mistral à l'extrême avec la présence encombrante de son chevalet, de sa palette et de ses toiles ficelées à la diable. Ainsi chargé, il se dirigeait du côté de Montmajour, ruine signalée dangereuse. Arles et Les Baux, la campagne filante vers le Rhône étaient aussi les lieux d'errance et soudain de travail d'un peintre étrange par ses yeux et la rousseur de son poil, mais sans abord réel.

Ce n'est qu'un temps plus tard que fut jeté sur lui un rideau d'explications : cet habitué du bordel d'Arles était en fait un juste que l'asile de Saint-Paul-de-Mausole recueillit dément à quelques centaines de mètres de Glanum encore sous terre, et pourtant déjà désignée par une arche naturelle en berceau dans la montagne, que Van Gogh avait peinte dans l'un de ses tableaux avec le plus d'affinement. Je sus, en regardant ses dessins, qu'il avait jusque-là comme travaillé *pour nous seuls. Comment ne pas emprunter à l'espace-temps dont la source reste à l'écart du conte?*

171

Ce pays au ventre de cigale nous était pleinement communiqué par une main et un poignet. De quelle fournaise et de quel paradis Vincent Van Gogh surgissait-il? Et de quelle souffrance maîtresse tenait-il ces cailloux, ces iris et ces marais, ces étroits chemins, ces mas, ces blés, ces vignes et ce fleuve? Sublimes dessins! Longtemps après, ma vie serrée entre les barreaux de plusieurs malheurs me traquait dans une nature semblable! Je la distinguais et en tentais l'échange au fond des yeux de Vincent alors que ces derniers enrichissaient de leur vérité, de leurs fleurs nouvelles, les miens, mes yeux meurtris par la neige fondante non rejouée. Un chien qui me fut cher n'apparaissait plus pour à nouveau s'endetter à ma voix. La terre n'en finissait pas d'hésiter sur le prochain destin des hommes.

Éloge d'une Soupçonnée

RICHE DE LARMES

Quand s'achève au vrai la classe que nous continuons de fréquenter à l'insu de notre âge, il fait nuit sur soi. À quoi bon s'éclairer, riche de larmes?

La Passante-Servante, tantôt frêle tantôt forte, dont l'employeur en titre nous reste inconnu, perce l'ombre, s'empresse autour des fruits tardifs.

Ce qui fait notre figure non-dissimulable : nous nous tenons, notre existence durant, à mi-chemin du berceau séduisant et de la terre douteuse. Nous pouvons apprendre les événements à venir, mais sans les dater. Nous ne les prédirons pas, ils seront reçus avant leur heure.

Merveilleux moment que celui où l'homme n'avait nul besoin de silex, de brandons pour appeler le feu à lui mais où le feu surgissait sur ses pas, faisant de cet homme une lumière de toujours et une torche interrogative.

Dépliement sous l'écorce,
Cassure dans la branche.
Repli vers la branche avec l'aide du vent seul.

Lacrymale la rosée;
Vespéral le sel.

Je me tenais penché, à mon corps et à mon esprit
défendant, comme on se tient au bord d'une haute fenêtre
sans pouvoir s'en détacher, à l'écoute de l'interlocuteur :
cette souffrance a duré toute ma vie.

Nous sommes désunis dans nos mille motifs.
Demain ne nous suffit pas,
Demain devrait suffire.
Douloureux sera demain,
Tel hier.

Vite, il faut semer, vite, il faut greffer, tel le réclame
cette grande Bringue, la Nature; écœuré, même harassé,
il me faut semer; le front souffrant, strié, comme un
tableau noir d'école communale.

La brusque alliance de l'âme avec des mots en butte
à leurs ennemis. Cette levée d'écrou n'est qu'un passage.

Le secret, serait-ce le lendemain non ramené à soi?
Ce qui grandit semble s'unir de plus en plus étroitement
pour une nuit inspirée tout autant que pour un jour
façonné.

Je me revois roi dans tant d'esclandres.
Ô tige de chardon rangée dans mon carnier!
L'âme est nue, l'être est hirsute.

Staël est parti, sans un pas dans la neige en se sachant sur le sol de la mer, puis dans la bourre du chemin.

L'homme n'est-il que la poche fourre-tout d'un inconnu postnommé dieu? Pressenti, jamais touché? Tyran et capricieux?

Mandelstam avait l'œil qui tamise et rapproche les extrêmes, les fait se nommer. Chez lui, nous percevons le frisson de l'écorce terrestre, ses divisibles dévotions, privilège des inspirés qui unissent le feu central humain à l'humide de leurs sens multiples.

Pourquoi changer la pente du chemin qui conduit du bas jusqu'au sommet et que nous n'avons pas le temps ni la force de parcourir en entier?

L'art est fait d'oppression, de tragédie, criblées discontinûment par l'irruption d'une joie qui inonde son site, puis repart.

Laissons l'énergie et retournons à l'énergie. La mesure du Temps? L'étincelle sous les traits de laquelle nous apparaissons et redisparaissons dans la fable.

La seule liberté, le seul état de liberté que j'ai éprouvé sans réserve, c'est dans la poésie que je l'ai atteint, dans ses larmes et dans l'éclat de quelques êtres venus à moi de trois lointains, celui de l'amour me multipliant.

La zone d'écriture si difficile d'accès, nue au bas de l'abrupt, mais retirée à lui.

Il faut à tout moment expulser de soi ce qui trouble cette source, et couche jonc et roseaux, chers à l'Aimée. Plus de place, sur la planète, même en se serrant.

Terre arable, sommeil intelligent et prodigue jusqu'au sang, s'il désire s'échapper.

À présent, j'ai quitté mon sort. Je me suis immergé. Au terme d'un si bas malheur, je rencontrai la face grêlée d'une étoile dans le canal, avant l'aube.

C'est le même combat incessant, celui des ingrats : le nom sans la chose, alors qu'appelle là-bas la chose avec le nom. L'absent qui dérangeait ? Je suis cet absent jamais revu deux fois.

Je me suis endormi paisible sous un arbre ; quand je me suis éveillé, j'étais entouré d'ennemis, une arme pointée vers ma tête, une autre sous mon cœur ; et là, le cœur sut-il ?

Décevoir autrui c'est le guérir d'un mal qu'il ne se supposait pas avoir, le libérer. « Tu resteras genoux à l'air sur le mur de ton doute. »

J'endure lorsque j'étouffe et que tu rentres au sommeil. Épiage.

La terre des égards, n'y point croire longtemps. Il faut savoir que le deuil est à peu près constant sitôt la fête mise bas, démâtée.

À présent que la bougie s'écœure de vivre, l'écoute rougeoie aux fenêtres.

Un sablier trop belliqueux se coule dans un Temps ancien et non sans retour.

LE REGARD À TERRE

Les pétales s'ouvrent et s'étendent, sortent de la ronde, escortés par la mort, adjoints un instant au cœur révoquant de la rose.

La rose, l'équivalente d'une vaillante étoile qu'un parfum plus distant aurait touché, lui donnant la couleur d'un astre non commun.

Et la voici informe demandant aux éclairs dans le ciel un peu de leur courroux... Terre, convoitise des maraudeurs, hier prompte à nous impliquer! La luisance bleutée vient de nous parvenir.

L'un d'entre eux a dit, l'index pointé : « C'est l'étoile des rats! La seule dont l'ombre me demeure limpide. »

De controverse point! Mais du grief au malheur, à coup sûr.

Rose au nombre confondu où prédominaient vieillards et enfants, sur cette base incertaine la joute a pris fin. Effeuillaison de la rose. Dissipation de l'étoile.

BESTIAIRE DANS MON TRÈFLE

Soupçonnons que la poésie soit une situation entre les alliages de la vie, l'approche de la douleur, l'élection exhortée, et le baisement en ce moment même. Elle ne se séparerait de son vrai cœur que si le plein découvrait sa fatalité, le combat commencerait alors entre le vide et la communion. Dans ce monde transposé, il nous resterait à faire le court *éloge d'une Soupçonnée,* la seule qui garde force de mots jusqu'au bord des larmes. Sa jeune démence aux douze distances croyant enrichir ses lendemains s'illusionnerait sur la moins frêle aventure despotique qu'un vivant ait vécu en côtoyant les chaos qui passaient pour irrésistibles. Ils ne l'étaient qu'intrinsèquement mais sans une trace de caprice. Venus d'où? D'un calendrier bouleversé bien qu'uni au Temps, sans qu'en soit ressentie l'usure.

Verdeur d'une Soupçonnée...

La fatigue est favorable aux animaux généreux, quand nous nous montrons sensibles à leur existence oppressée.

Nausée après un précipité de rêves. Ensuite un souffle original de terreur et de bonheur. Peu en somme.

Qu'est devenu le loup par ces temps d'abandon? Il s'aligna sur l'homme quand il constata qu'il ne pouvait se plier à celui-ci; et la cage s'ouvrit la première devant l'espace de sa mort, au ras de ses pattes pressées.

CARTE ROUTIÈRE

Toi qui t'allongeas sur des peines dont j'inventais les
    occasions
Sans les augmenter à ravir,
Tes réticences de trésor mènent à des maigreurs de
    tisons;
Tu me regardes tel un sourd;
Ô mon Amie irréfléchie, où s'est glissé ton enjouement?
Mes vieux danseurs exténués par d'imaginaires nuages,
    les roseaux nous en séparent de tout leur ramage
    froissé.

Soleil tourne autour du jeune arbre,
Le vent ne charme que les blés.
Meure la distante maison.

NOUVELLES À LA MAIN

De la trop soudaine et si brève trille de la fauvette jaillissait, ô voix de gorge, fuyant trapèze, le mot « hold-up! »

Puis c'était le silence, et l'arbre où elle avait chanté, comme disparu, était sans lignée.

Il faisait si chaud cet été-là que même les feuilles mortes venaient boire l'eau des bêtes dans les plats de terre.

CABANE

– Qui songerait à lotir le pont du Gard?
– Mais des Romains, s'il en demeure.
– Vous n'avez pas le sens de l'esprit du rameau.
– Je vis. La neige est sourde sous la cabane.

SOUS UNE PLUIE DE PIERRES,
LES OGRES...

Sous une pluie de pierres, nous nous en tiendrons à notre gisement soldé par le passé en émoi. Montant d'un avenir captieux, le présent au solide appétit, aux largesses imprévisibles, en restera à de passionnés desseins. Pas d'éploration.

LYSANXIA

La liberté ne s'attarde, heureuse, qu'au murmure
Du vrai baiser.
Le visage qui apparaît
Est celui de la primevère,
Sœur de la Belle Ferronnière,
De Louise la Lyonnaise
Et de Lysanxia.

DEUXIÈME PERDITION

Je tombai de mon haut quand il m'apparut que ce n'était pas un faucon hagard qui vivait dans mon cerveau au mystère triste, mais un long-jointé à crinière noire. Au plus chaud de mon corps je l'eusse poussé dans ma chambre, mais nous ne chantions plus, ni lui ni moi, malgré les abricots tombant des arbres incandescents.

Les deux seules grandes offenses sont, il me semble, – et ce fut souligné – l'arrivée de l'homme à l'état conscient et un embrasement par les contraires sitôt que ceux-ci se mélangent avec leurs inconvenances et leur vanité.

Le parloir sanguinaire a disparu parmi les hauts semblants.

LOUVOYANTE INGRATITUDE

Je dirai ces Madones accortes. Ne les confondons pas avec les cailles, ces bêtes de la désolation. Quand saurons-nous vivre conversant avec toi, rouge soleil trop filial, à cette heure si basse où tu geins sans rien exprimer devant le sous-bois aveugle? Ici quelques gouttes de sang sur la fleur de l'eau grise se supposant au bord de leur lendemain et du nôtre.

NOUS ÉTIONS DANS L'AOÛT
D'UN CLAIR MATIN PEU SÛR

Il n'y a que deux conduites avec la vie : ou on la rêve ou on l'accomplit. Dans les deux cas on est sans destination sous la chute du jour, et rudoyé, cœur soyeux avec cœur sans tocsin.

Donne-moi ta main de jonc avançante. Rendez-vous sur tes barres flexibles, devant la source qui nous a séparés. Ah! Wilfride, voici les Hôtes, et voici le miroir aux ailes éployées.

Tous deux dans la prairie vous emplissez mon hamac d'étoiles.

RARE LE CHANT...

Rare le chant du bouvreuil triste,
L'hiver admiré du Ventoux;
L'an nouveau décuple les risques;
Joue, amour, dégoutte à merci
Dessus, le plus souvent dessous,
L'écervelée source séduite.
Le soleil divisé devient ce soir gravide.

L'AMANTE

À M.C.C.

Tant la passion m'avait saisi pour cette amante délectable, moi non exempt d'épanchement et d'oscillante lubricité, je devais, ne devais pas mourir en sourdine ou modifié, reconnu des seules paupières de mon amante. Les nuits de nouveauté sauvage avaient retrouvé l'ardente salive communicante, et parfumé son appartenance fiévreuse. Mille précautions altérées me conviaient à la plus voluptueuse chair qui soit. À nos mains un désir d'outre destin, quelle crainte à nos lèvres demain?

IV.

Effilage du sac de jute

CHANTS DE LA BALANDRANE

Sept saisis par l'hiver

Newton cassa la mise en scène

La flûte et le billot, I

La flûte et le billot, II

ÉLOGE D'UNE SOUPÇONNÉE

PRINCIPAUX OUVRAGES

1928   *Les Cloches sur le cœur* (Le Rouge et le Noir).

1929   *Arsenal* (hors commerce).

1930   *Le Tombeau des secrets* (hors commerce).
        Artine (Éditions surréalistes).
        Ralentir travaux, en collaboration avec André Breton et Paul Éluard (Éditions surréalistes).

1931   *L'action de la justice est éteinte* (Éditions surréalistes).

1934   *Le Marteau sans maître* (Éditions surréalistes).

1936   *Moulin premier* (G.L.M.).

1937   *Placard pour un chemin des écoliers* (G.L.M.).

1938   *Dehors la nuit est gouvernée* (G.L.M.).

1945   *Seuls demeurent* (Gallimard).

1946   *Feuillets d'Hypnos* (Gallimard).

1947   *Le Poème pulvérisé* (Fontaine).

1948   *Fureur et mystère* (Gallimard).

1949   *Claire* (Gallimard).

1950   *Les Matinaux* (Gallimard).

1951   *Le Soleil des eaux* (Gallimard).

1951   *À une sérénité crispée* (Gallimard).

1953   *Lettera amorosa* (Gallimard).

1955   *Recherche de la base et du sommet,* suivi de *Pauvreté et privilège* (Gallimard).

1957   *Poèmes et prose choisis* (Gallimard).

1962   *La Parole en archipel* (Gallimard).

1964   *Commune présence* (Gallimard).

1965   *L'Âge cassant* (José Corti).

1966   *Retour amont* (Gallimard).

1967   *Trois coups sous les arbres* (Gallimard).

1968   *Dans la pluie giboyeuse* (Gallimard).
1971   *Le Nu perdu* (Gallimard).
1975   *Aromates chasseurs* (Gallimard).
1977   *Chants de la Balandrane* (Gallimard).
1979   *Fenêtres dormantes et porte sur le toit* (Gallimard).
1981   *La Planche de vivre*, traductions en collaboration avec Tina Jolas (Gallimard).
1985   *Les Voisinages de Van Gogh* (Gallimard).
1987   *Le Gisant mis en lumière* en collaboration avec Alexandre Galperine et Marie-Claude de Saint-Seine (Éditions Billet).
1988   *Éloge d'une Soupçonnée* (Gallimard).

DANS LA COLLECTION « POÉSIE »

1967   *Fureur et mystère*, préface d'Yves Berger.
1969   *Les Matinaux*, suivi de *La Parole en archipel*.
1971   *Recherche de la base et du sommet*.
1978   *Le Nu perdu* et autres poèmes.
1989   *Éloge d'une Soupçonnée* précédé d'autres poèmes.

DANS LA BIBLIOTHÈQUE DE LA PLÉIADE

1983   *Œuvres complètes*.

DERNIÈRES PARUTIONS

Ce volume,
le deux cent trente-quatrième
de la collection Poésie,
a été achevé d'imprimer
par l'Imprimerie Bussière à Saint-Amand (Cher)
le 1ᵉʳ février 1995.
Dépôt légal : février 1995.
1ᵉʳ dépôt légal dans la même collection : octobre 1989.
Numéro d'imprimeur : 424.
ISBN 2-07-032531-8./Imprimé en France.

72000